Trilogía de Caspak 1
La Tierra Olvidada por el Tiempo

Por

Edgar Rice Burroughs

Copyright del texto © 2023 Culturea ediciones
Sitio web : http://culturea.fr
Impresión: BOD - Books on Demand
(Norderstedt, Alemania)
Correo electrónico : infos@culturea.fr
ISBN :9791041813179
Depósito legal : abril 2023
Queda prohibido reproducir parte alguna de esta publicación,
en cualquier forma material, sin el premiso por escrito
de los dos titulares del copyright.

Capítulo I

Debían ser poco más de las tres de la tarde cuando sucedió: la tarde del 3 de junio de 1916. Parece increíble que todo por lo que he pasado, todas esas experiencias extrañas y aterradoras, tuvieran lugar en un espacio de tiempo tan breve; tres meses. Más parece que he experimentado un ciclo cósmico, tantos cambios y evoluciones en las cosas que he visto con mis propios ojos durante este breve intervalo de tiempo, cosas que ningún otro ojo mortal había visto antes, atisbos de un mundo pasado, un mundo muerto, un mundo desaparecido hace tanto tiempo que ni siquiera quedan restos en los más bajos estratos cámbricos. Oculto en la derretida corteza interna, ha pasado siempre inadvertido para el hombre más allá de aquel perdido trozo de tierra donde el destino me ha traído y donde se ha sellado mi condena.

Estoy aquí y aquí debo permanecer.

**

Después de leer esto, mi interés, que ya había sido estimulado por el hallazgo del manuscrito, se acercaba al punto de ebullición. Había venido a Groenlandia a pasar el verano, siguiendo las indicaciones de mi médico, y me estaba ya aburriendo de muerte, pues había olvidado traer lectura suficiente. Como la pesca me resulta indiferente, mi entusiasmo por este tipo de deporte se desvaneció pronto; sin embargo, en ausencia de otras formas de recreación estaba ahora arriesgando mi vida en un barquito absolutamente inadecuado a la altura de Cabo Farewell, en la zona más septentrional de Groenlandia.

¡Groenlandia! Como apelación descriptiva, es un pobre chiste, pero mi historia no tiene nada que ver con Groenlandia, nada que ver conmigo. Así que terminaré con una cosa y con otra lo más rápidamente que pueda.

El inadecuado barquito finalmente tocó tierra de manera precaria, los nativos, metidos en el agua hasta la cintura, me ayudaron. Me llevaron a la orilla, y mientras preparaban la cena, caminé de un lado a otro por la costa rocosa y recortada. Fragmentos de playa salpicaban el gastado granito, o las rocas de las que pudiera estar compuesto Cabo Farewell, y mientras seguía el flujo de la marea por una de estas suaves playas, lo vi. Si me hubiera encontrado con un tigre de Bengala en el barranco que hay detrás de los Baños de Bimini, no me habría sorprendido más de lo que me sorprendí al ver un termo flotando y girando en las aguas. Lo recogí, pero me mojé hasta las rodillas para hacerlo. Luego me senté en la arena y lo abrí, y a la luz del crepúsculo leí el manuscrito, claramente escrito y perfectamente doblado, que formaba su contenido.

Ya han leído el primer párrafo, y si son unos idiotas imaginativos como yo mismo, querrán leer el resto; así que lo reproduciré aquí, omitiendo hacer más comentarios, que son difíciles de recordar. En dos minutos me habrán olvidado.

**

Mi casa está en Santa Mónica. Soy, o era, ayudante en la firma de mi padre. Somos armadores. En los últimos años nos hemos especializado en submarinos, que hemos construido para Alemania, Inglaterra, Francia y Estados Unidos. Conozco un submarino como una madre conoce la cara de su bebé, y he dirigido una docena de ellos en sus pruebas. Sin embargo, mis inclinaciones tienden hacia la aviación.

Me gradué en Curtiss, y después de un largo acoso mi padre me dio permiso para intentar enrolarme en la Escuadrilla Lafayette. Como paso previo conseguí un puesto en el servicio americano de ambulancias e iba camino de Francia cuando tres agudos chirridos alteraron, en otros tantos segundos, todo el esquema de mi vida.

Yo estaba sentado en cubierta con algunos de los tipos que también iban al servicio de ambulancias, con mi terrier airedale, Príncipe Heredero Nobbler, dormido a mis pies, cuando la primera andanada del silbato rompió la paz y seguridad del barco. Desde que entramos en la zona de submarinos habíamos estado ojo avizor ante la posible presencia de periscopios, y chiquillos como éramos, lamentábamos el triste destino que iba a llevarnos a salvo a Francia sin poder atisbar siquiera a los temibles incursores. Éramos jóvenes, ansiábamos emociones, y Dios sabe que las obtuvimos aquel día; sin embargo, en comparación con lo que he vivido desde entonces, fueron tan sosas como un espectáculo de marionetas.

Nunca olvidaré los rostros cenicientos de los pasajeros cuando corrieron hacia sus chalecos salvavidas, aunque no había pánico. Nobs se levantó con un gruñido. Yo también me levanté, y me acerqué al costado del barco y divisé, a menos de doscientos metros de distancia, el periscopio de un submarino mientras la estela blanca de un torpedo era perfectamente visible. Viajábamos en un barco americano que, naturalmente, no iba armado. Estábamos completamente indefensos; sin embargo, sin advertencia, nos estaban torpedeando.

Me quedé rígido, aturdido, viendo la estela blanca del torpedo. Golpeó la banda de estribor, casi en el centro del barco, que se agitó como si el mar hubiera sido desgarrado por un violento volcán. Caímos a cubierta, magullados y aturdidos, y entonces una columna de agua se alzó varios metros por encima del navío, llevando consigo fragmentos de metal y madera y cuerpos humanos desmembrados.

El silencio que siguió a la detonación del torpedo fue casi igual de horrible. Duró posiblemente dos segundos, y fue seguido por los gritos y gemidos de los heridos, las imprecaciones de los hombres y las roncas órdenes de los oficiales de a bordo. Se portaron como unos valientes, ellos y la tripulación. Nunca me había sentido más orgulloso de mi nacionalidad como en ese momento. En medio de todo el caos que siguió al impacto del torpedo, ningún oficial o miembro de la tripulación perdió la cabeza ni mostró el más mínimo grado de pánico o miedo.

Mientras intentábamos arriar los botes, el submarino emergió y nos apuntó con sus ametralladoras. El oficial al mando nos ordenó arriar nuestra bandera, pero el capitán del carguero se negó. El barco se inclinaba peligrosamente a estribor, inutilizando los botes de babor, y la mitad de los botes de estribor habían sido destruidos por la explosión. Mientras los pasajeros se apiñaban en la amura de estribor y corrían hacia los pocos botes que nos quedaban, el submarino empezó a ametrallar el barco. Vi una granada alcanzar a un grupo de mujeres y niños, y entonces volví la cabeza y me cubrí los ojos.

Cuando miré de nuevo al horror se unió el desencanto, pues cuando el submarino emergió reconocí que había sido fabricado en nuestro propio astillero. Lo conocía al detalle. Había supervisado su construcción. Me había sentado en aquella misma torreta y había dirigido los esfuerzos de la sudorosa cuadrilla cuando su proa hendió por primera vez las soleadas aguas veraniegas del Pacífico. Y ahora esta criatura, fruto de mi cerebro y mis manos se había convertido en Frankenstein y pretendía mi muerte.

Una segunda bomba explotó en cubierta. Uno de los botes salvavidas, lleno de gente, colgó en peligroso ángulo de sus cabestrantes. Un fragmento de granada rompió la proa, y vi a las mujeres y los hombres y los niños precipitarse al mar, mientras el bote colgaba por la proa durante un instante, y por fin, con gran impulso, se zambullía en mitad de las víctimas en medio de las aguas.

Vi que los hombres corrían a la amura y saltaban al océano. La cubierta se inclinaba en un ángulo imposible. Nobs abrió las patas intentando no resbalar y me miró con un gemido interrogador. Me incliné y le acaricié la cabeza.

—¡Vamos, chico! -exclamé, y tras correr al costado del barco, me lancé de cabeza.

Cuando emergí, lo primero que vi fue a Nobs nadando asombrado a unos pocos metros de mí. Al verme las orejas se le aplanaron, y su boca se abrió en una mueca característica.

El submarino se retiraba hacia el norte, pero sin dejar de bombardear los botes que quedaban, tres de ellos, llenos de supervivientes. Por fortuna, los botes pequeños eran un blanco difícil, lo cual, combinado con la poca habilidad de los alemanes impidió que sus ocupantes sufrieran nuevos daños. Después de unos pocos minutos, una mancha de humo apareció en el horizonte, al este, y el submarino se sumergió y desapareció.

Mientras tanto, los botes salvavidas se habían estado alejando del transporte hundido, y ahora, aunque grité con toda la fuerza de mis pulmones, no oyeron mi llamada o no se atrevieron a volver para rescatarme. Nobs y yo conseguimos distanciarnos un poco del barco cuando éste se volcó por completo y se hundió. La succión nos atrapó sólo lo suficiente para arrastrarnos hacia atrás unos cuantos metros, pero ninguno de los dos llegó a hundirse bajo la superficie. Busqué rápidamente algo donde agarrarme. Mis ojos se dirigían hacia el punto donde el barco se había hundido cuando desde las profundidades del océano llegó la reverberación ahogada de una explosión, y casi simultáneamente un geiser de agua donde botes salvavidas destrozados, cuerpos humanos, vapor, carbón, aceite y los restos de la cubierta se alzaron sobre la superficie: una columna de agua que marcó por un momento la tumba de otro barco en éste, el más grande cementerio de los mares.

Cuando las turbulentas aguas cesaron un poco y el mar dejó de escupir restos, me aventuré a nadar en busca de algo donde apoyar mi peso y el de Nobs. Había alcanzado la zona del naufragio cuando, a menos de media docena de metros, la proa de un bote salvavidas surgió del océano para golpear la superficie con una poderosa sacudida. Debía de haber sido arrastrado hacia el fondo, sujeto a su nave madre por una sola cuerda que finalmente se rompió bajo la enorme tensión a la que había sido sometida, de ningún otro modo puedo explicar que saliera del agua con tanta fuerza: una circunstancia beneficiosa incluso ante el hecho de que un destino más terrible espera a los que escapamos ese día; pues a causa de esa circunstancia la encontré a ella, a quien de otro modo nunca debería de haber conocido; la he encontrado y la he amado. Al menos he tenido esa gran felicidad en la vida; ni siquiera Caspak puede, con todos sus horrores, borrar lo que ya ha sucedido.

Así que por enésima vez di las gracias al extraño destino que expulsó a aquel bote del pozo verde de destrucción al que había sido arrastrado, lanzándolo muy por encima de la superficie, vaciándolo de agua mientras se alzaba sobre las olas, y dejándolo caer sobre la superficie del mar, orgulloso y seguro.

No tardé mucho en encaramarme a su costado y arrastrar a Nobs hasta aquel lugar comparativamente más seguro; luego contemplé la escena de muerte y destrucción que nos rodeaba. El mar estaba cubierto de restos entre los que flotaban las penosas formas de mujeres y niños, sostenidos por sus inútiles chalecos salvavidas. Algunos estaban desfigurados y destrozados; otros se mecían suavemente con el movimiento del mar, su semblante tranquilo y pacífico; otros formaban horribles filas de agonía o de horror. Cerca del costado del bote flotaba la figura de una muchacha. Tenía el rostro vuelto hacia arriba, sujeto por encima del agua por el chaleco, enmarcado en una masa flotante de pelo oscuro y ondulante. Era muy hermosa. Nunca había contemplado unos rasgos tan perfectos, un contorno tan divino y a la vez tan humano, intensamente humano. Era un rostro lleno de personalidad y fuerza y feminidad, el rostro de alguien creado para amar y ser amado. Las mejillas tenían el color arrebolado de la vida y la salud y la vitalidad, y sin embargo allí yacía, sobre el fondo del mar, muerta. Sentí que algo se alzaba en mi garganta al ver aquella radiante visión, y juré que viviría para vengar su asesinato.

Y entonces mis ojos se posaron una vez más sobre la superficie del agua, y lo que vi casi me hizo caer de espaldas al mar, pues los ojos de aquel rostro muerto se habían abierto, igual que los labios, y una mano se alzaba hacia mí en una muda llamada de socorro. ¡Estaba viva! ¡No estaba muerta! Me incliné sobre la borda del bote y la aupé rápidamente a la salvación relativa que Dios me había concedido. Le quité el chaleco salvavidas y mi chaqueta empapada le hizo las veces de almohada. Le froté las manos y brazos y pies. La atendí durante una hora, y por fin fui recompensado por un profundo suspiro, y de nuevo aquellos grandes ojos se abrieron y miraron a los míos.

Me sentí cohibido. Nunca he sido un seductor; en Leland-Stanford era el hazmerreír de la clase por mi absoluta torpeza en presencia de una chica bonita; pero los hombres me apreciaban, al menos. Le estaba frotando una de las manos cuando abrió los ojos, y la solté como si fuera un hierro al rojo vivo. Aquellos ojos me miraron lentamente de arriba a abajo; luego se dirigieron al horizonte marcado por el subir y bajar de la amura del bote. Miraron a Nobs y se suavizaron, y luego volvieron a mí, llenos de duda.

—Y-yo… -tartamudeé, apartándome y retrocediendo hasta el siguiente banco. La visión sonrió débilmente.

—¡Aye-aye, señor! -replicó en voz baja, y una vez más sus labios se curvaron, y sus largas pestañas barrieron la firme y pálida textura de su piel.

—Espero que se encuentre mejor -conseguí decir.

—¿Sabe? -dijo ella tras otro momento de silencio-. ¡Hace un buen rato que estoy despierta! Pero no me atrevía a abrir los ojos. Pensé que debía estar muerta, no me atrevía a mirar, por temor a no ver más que oscuridad a mi alrededor. ¡Me da miedo a morir! Dígame qué ha pasado después de que se hundiera el barco. Recuerdo todo lo que sucedió antes… ¡oh, desearía poder olvidarlo! -un sollozo le quebró la voz-. ¡Bestias! -continuó después de un momento-. ¡Y pensar que iba a casarme con uno de ellos… un teniente del ejército alemán!

Volvió al tema del naufragio como si no hubiera dejado de hablar.

—Me hundí más y más y más. Pensé que no iba a dejar de hundirme nunca. No sentí ninguna desazón particular hasta que de repente empecé a subir a velocidad cada vez mayor; entonces mis pulmones parecieron a punto de estallar, y debí de perder el conocimiento, porque no recuerdo más hasta que abrí los ojos después de oír un torrente de insultos contra Alemania y los alemanes. Dígame, por favor, qué pasó después de que el barco se hundiera.

Le conté entonces, lo mejor que pude, todo lo que había visto: el submarino bombardeando los botes y todo lo demás. A ella le pareció maravilloso que nos hubiéramos salvado de manera tan providencial, y yo tenía un discurso preparado en la punta de la lengua, pero no tuve valor para contarle nuestra situación. Nobs se había acercado y posó su morro en su regazo, y ella acarició su fea cara, y por fin se inclinó hacia adelante y apoyó la mejilla contra su frente. Siempre he admirado a Nobs; pero ésta fue la primera vez que se me ocurrió poder desear ser Nobs. Me pregunté cómo lo aceptaría él, pues está tan poco acostumbrado a las mujeres como yo. Pero para él fue pan comido. Mientras que yo no soy para nada un mujeriego, Nobs es sin duda un perro de damas. El viejo pícaro cerró los ojos y puso una de las expresiones más dulces que he visto jamás y se quedó allí, aceptando las caricias y pidiendo más. Me hizo sentir celoso.

—Parece que le gustan los perros -dije yo.

—Me gusta este perro -respondió ella.

No supe si quería decir con eso algo personal; pero me lo tomé como algo personal y eso me hizo sentirme estupendamente.

Mientras íbamos a la deriva en aquella enorme extensión de soledad, no fue extraño que nos lleváramos bien rápidamente. Escrutábamos constantemente el horizonte en busca de signos de humo, aventurando suposiciones sobre nuestras posibilidades de ser rescatados; pero llegó el atardecer, y la negra noche nos envolvió sin que hubiera una mota de luz sobre las aguas.

Estábamos sedientos, hambrientos, incómodos y helados. Nuestras ropas mojadas se habían secado un poco y yo sabía que la muchacha podía correr el riesgo de pillar una pulmonía con el frío de la noche al estar medio mojada en medio del mar en un bote despejado, sin ropa suficiente ni comida. Había conseguido achicar el agua del bote con las manos, y acabé por escurrirla con mi pañuelo, una tarea lenta e incómoda; así conseguí despejar un sitio relativamente seco para que la muchacha se tendiera en el fondo del bote, donde las amuras la protegerían del viento nocturno, y cuando por fin ella así lo hizo, casi abrumada por la debilidad y la fatiga, la cubrí con mi chaqueta para protegerla del frío. Pero no sirvió de nada: mientras la observaba, la luz de la luna destacando las graciosas curvas de su esbelto cuerpo, la vi tiritar.

—¿Hay algo que pueda hacer? -pregunté-. No puede quedarse de esa forma toda la noche. ¿No se le ocurre nada?

Ella negó con la cabeza.

—Tenemos que apretar los dientes y soportarlo -replicó después de un momento.

Nobbler se acercó y se tumbó en el banco a mi lado, la espalda contra mi pierna, y yo me quedé contemplando tristemente a la muchacha, sabiendo en el fondo de mi corazón que podía morir antes de que llegara el amanecer, pues con la impresión y la intemperie, ya había soportado lo suficiente para matar a cualquier mujer. Y mientras yo la contemplaba, tan pequeña y delicada e indefensa, dentro de mi pecho fue naciendo lentamente una nueva emoción. Nunca había estado allí antes; ahora nunca dejará de estar allí. Mi deseo por encontrar un modo de hacerla entrar en calor e insuflar vida en sus venas me puso casi frenético. Yo también sentía frío, aunque casi lo había olvidado hasta que Nobbler se movió y sentí una nueva sensación de frialdad en mi pierna, allá donde él se había apoyado, y de pronto me di cuenta de que en ese sitio había sentido calor. La comprensión de cómo hacer entrar en calor a la muchacha se abrió paso como una gran luz. Inmediatamente me arrodillé junto a ella para poner mi plan en práctica, pero de pronto me abrumó la vergüenza. ¿Lo permitiría ella, aunque yo pudiera acumular el valor para sugerirlo? Entonces vi cómo se estremecía, tiritando, los músculos reaccionando a la rápida bajada de temperatura, y decidí mandar la prudencia a paseo y me arrojé junto a ella y la tomé en brazos, apretujando su cuerpo contra el mío.

Ella se apartó de repente, dando voz a un gritito de temor, y trató de librarse de mí.

—Perdóneme -conseguí tartamudear-. Es la única forma. Se morirá de frío si no entra en calor, y Nobs y yo somos lo único que puede ofrecérselo.

Y la sujeté con fuerza mientras llamaba a Nobs y le ordenaba que se tumbara a su espalda. La muchacha dejó de resistirse cuando comprendió mi propósito; pero emitió dos o tres sollozos, y luego empezó a llorar débilmente, enterrando el rostro en mi brazo, y así se quedó dormida.

Capítulo II

Debí quedarme dormido a eso del amanecer, aunque en ese momento me pareció que había permanecido despierto durante días, en vez de horas. Cuando por fin abrí los ojos, era de día, y el pelo de la muchacha me cubría la cara, y ella respiraba con normalidad. Di gracias a Dios por eso. Ella había vuelto la cabeza durante la noche, de modo que cuando abrí los ojos vi su rostro a menos de una pulgada del mío, mis labios casi tocando los suyos.

Fue Nobs quien finalmente la despertó. Se levantó, se desperezó, se giró unas cuantas veces y se tumbó de nuevo, y la muchacha abrió los ojos y miró a los míos. Se sorprendió al principio, y luego lentamente comprendió, y sonrió.

—Ha sido muy bueno conmigo -dijo, mientras la ayudaba a levantarse, aunque a decir verdad yo necesitaba más ayuda que ella; la circulación en mi costado izquierdo parecía paralizada por completo-. Ha sido muy bueno conmigo.

Y esa fue la única mención que hizo al respecto; sin embargo, sé que estaba agradecida y que sólo la natural reserva impidió que se refiriera a lo que, por decirlo brevemente, era una situación embarazosa, aunque inevitable.

Poco después vimos una columna de humo que al parecer se dirigía hacia nosotros, y después de un rato divisamos el contorno de un remolcador, uno de esos intrépidos exponentes de la supremacía marítima inglesa que ayudan a los veleros a entrar en los puertos de Inglaterra y Francia. Me alcé sobre un banco y agité mi empapada chaqueta por encima de mi cabeza. Nobs hizo lo propio en otro banco y ladró. La muchacha permaneció sentada a mis pies, escrutando con intensidad la cubierta del barco que se acercaba.

—Nos han visto -dijo por fin-. Hay un hombre respondiendo a sus señales.

Tenía razón. Un nudo se me formó en la garganta: por su bien más que por el mío. Estaba salvada, y justo a tiempo. No habría podido sobrevivir a otra noche en el Canal; tal vez no habría podido sobrevivir a este día.

El remolcador se acercó a nosotros, y un hombre en cubierta nos lanzó un cabo. Unas manos dispuestas nos arrastraron hasta la cubierta, pero Nobs saltó a bordo sin ayuda. Los rudos marineros se portaron con la muchacha con amabilidad propia de madres. Mientras nos asaltaban a preguntas nos condujeron al camarote del capitán y a mí a la sala de calderas. Le dijeron a la muchacha que se quitara las ropas mojadas y las arrojara por la puerta para que pudieran secarlas, y que se acostara en el camastro del capitán y entrara en calor. No tuvieron que decirme que me desnudara después de que yo notara el calor de la sala de calderas. En un dos por tres, mis ropas colgaron donde se secarían rápidamente, y yo mismo empecé a absorber, a través de cada poro, el agradable calor del sofocante compartimento. Me trajeron sopa caliente y café, y los que no estaban de servicio se sentaron a mi alrededor y me ayudaron a maldecir al Kaiser y su ralea.

En cuanto nuestras ropas se secaron nos hicieron ponérnoslas, ya que era más que posible que en aquellas aguas volviéramos a toparnos con el enemigo, como yo bien sabía. Con el calor y la sensación de que la muchacha estaba a salvo, y el conocimiento de que un poco de descanso y comida eliminarían rápidamente los efectos de sus experiencias en las últimas terribles horas, me sentí más contento de lo que me había sentido desde que aquellos tres torpedos sacudieron la paz de mi mundo la tarde anterior.

Pero la paz en el Canal había sido algo transitorio desde agosto de 1914. Eso quedó claro aquella mañana, pues apenas me había puesto la ropa seca y llevado las de la muchacha al camarote del capitán cuando desde la sala de máquinas gritaron la orden de avanzar a toda máquina, y un instante después oí el sordo bramar de un cañonazo. En un instante subí a cubierta y vi a un submarino enemigo a unos doscientos metros de nuestra proa. Nos había hecho señales para que nos detuviéramos, y nuestro capitán había ignorado la orden; pero ahora nos apuntaba con sus cañones, y la segunda andanada picoteó sobre el camarote, advirtiendo al beligerante capitán del remolcador de que era hora de obedecer. Una vez más se lanzó una orden a la sala de máquinas, y el remolcador redujo velocidad. El submarino dejó de disparar y ordenó al remolcador que diera media vuelta y se acercara. Nuestro impulso nos había llevado un poco más allá de la nave enemiga, pero trazamos un arco que nos llevó a su lado. Mientras contemplaba la maniobra y me preguntaba qué iba a ser de nosotros, sentí que algo me tocaba el codo y me volví para ver a la muchacha de pie a mi lado. Me miró a la cara con expresión entristecida.

—Parece que su destino es destruirnos -dijo-. Creo que es el mismo submarino que nos hundió ayer.

—Lo es -contesté-. Lo conozco bien. Ayudé a diseñarlo y lo capitaneé en su botadura.

La muchacha se apartó con una pequeña exclamación de sorpresa y decepción.

—Creía que era usted americano -dijo-. No tenía ni idea de que fuera un… un…

—No lo soy -repliqué-. Los americanos llevamos muchos años construyendo submarinos para todas las naciones. Ojalá hubiéramos caído en la bancarrota, mi padre y yo, antes de haber creado ese monstruo de Frankenstein.

Nos acercábamos al submarino a media velocidad, y casi pude distinguir los rasgos de los hombres en cubierta. Un marinero se me acercó y deslizó algo duro y frío en mi mano. No tuve que mirar para saber que era una pesada pistola.

—Cójala y úsela -fue todo lo que dijo.

Nuestra proa apuntaba directamente hacia el submarino cuando oí dar la orden a la sala de máquinas de pasar a avante toda. Al instante me agarré con fuerza a la barandilla de bronce del grueso remolcador inglés: íbamos a embestir las quinientas toneladas del submarino. Apenas pude reprimir un viva. Al principio los boches no parecieron comprender cuál era nuestra intención. Evidentemente pensaron que estaban siendo testigos de una exhibición de escasa marinería, y gritaron sus advertencias para que el submarino redujera velocidad y lanzara el ancla a babor.

Estábamos a treinta metros de ellos cuando comprendieron la amenaza que implicaba nuestra maniobra. Los artilleros estaban desprevenidos, pero saltaron a sus armas y enviaron un inútil proyectil sobre nuestras cabezas. Nobs dio un salto y ladró furiosamente.

—¡A por ellos! -ordenó el capitán del remolcador, y al instante los revólveres y rifles descargaron una lluvia de balas sobre la cubierta del sumergible. Dos de los artilleros cayeron; los otros apuntaron a la línea de flotación del remolcador. Los que estaban en cubierta replicaron al fuego de nuestras pequeñas armas, dirigiendo sus esfuerzos contra el hombre al timón.

Empujé rápidamente a la muchacha hacia el pasillo que conducía a la sala de máquinas, y luego alcé mi pistola y disparé por primera vez a un boche. Lo que ocurrió en los siguientes segundos sucedió tan rápidamente que los detalles se nublan en mi memoria. Vi al timonel abalanzarse sobre la rueda, y hacerla girar para que el remolcador virara rápidamente de rumbo, y recuerdo que advertí que todos nuestros esfuerzos iban a ser en vano, porque de todos los hombres a bordo, el destino había decretado que éste fuera el primero en caer bajo una bala enemiga. Vi cómo la menguada tripulación del submarino disparaba su pieza y sentí la sacudida del impacto y oí la fuerte explosión cuando el proyectil estalló en nuestra proa.

Advertí todas estas cosas mientras saltaba a la cabina del piloto y agarraba la rueda del timón, a horcajadas sobre el cadáver del timonel. Con todas mis fuerzas hice girar el timón a estribor, pero fue demasiado tarde para desviar el propósito de nuestro capitán. Lo mejor que hice fue rozar contra el costado del submarino. Oí a alguien gritar una orden en la sala de máquinas; el barco se estremeció de pronto y tembló ante el súbito cambio de los motores, y nuestra velocidad se redujo rápidamente. Entonces vi lo que aquel loco capitán había planeado desde que su primer intento saliera mal.

Con un alarido, saltó a la resbaladiza cubierta del submarino, y tras él lo hizo su encallecida tripulación. Salí corriendo de la cabina del piloto y los seguí, para no quedarme atrás cuando hubiera que enfrentarse a los boches. Desde la sala de máquinas llegaron el jefe de máquinas y los maquinistas, y juntos saltamos tras el resto de la tripulación y nos enzarzamos en una pelea cuerpo a cuerpo que cubrió la cubierta mojada de roja sangre. Nobs me siguió, silencioso ahora, y sombrío.

Los alemanes salían por la escotilla abierta para tomar parte en la batalla. Al principio las pistolas dispararon entre las maldiciones de los hombres y las fuertes órdenes del comandante y sus oficiales; pero poco después estábamos demasiado revueltos para que fuera seguro usar armas de fuego, y la batalla se convirtió en una lucha cuerpo a cuerpo por dominar la cubierta.

El único objetivo de cada uno de nosotros era lanzar al agua al enemigo. Nunca olvidaré la horrible expresión del rostro del gran prusiano con quien me enfrentó el destino. Bajó la cabeza y embistió contra mí, mugiendo como un toro. Con un rápido paso lateral y agachándome bajo sus brazos extendidos, lo eludí; y cuando se volvió para atacarme de nuevo, le descargué un golpe en la barbilla que le hizo retroceder hasta el borde de la cubierta. Vi sus salvajes intentos por recuperar el equilibrio; lo vi girar como un borracho durante un instante y luego, con un fuerte grito, caer al mar. En el mismo momento un par de brazos gigantescos me rodearon por detrás y me alzaron en vilo. Pataleé y me rebullí como pude, pero no podía volverme contra mi antagonista ni liberarme de su tenaz presa. Implacablemente, me arrastraba hacia el costado del barco y la muerte. No había nada para enfrentarse a él, pues cada uno de mis compañeros estaba más que ocupado enfrentándose a uno o hasta a tres enemigos. Durante un instante temí por mi vida, y entonces vi algo que me llenó de un terror aún más grande.

Mi boche me arrastraba hacia el costado del submarino contra el que todavía golpeteaba el remolcador. El hecho de que fuera a ser aplastado entre los dos fue insignificante cuando vi a la muchacha sola en la cubierta del remolcador, como vi la popa en el aire y la proa preparándose para la última zambullida, como vi la muerte de la que no podría salvarla tirando de las faldas de la mujer que, bien lo supe ahora, amaba.

Me quedaba tal vez una fracción de segundo de vida cuando oí un furioso gruñido tras nosotros, mezclado con el grito de dolor y furia del gigante que me sujetaba. Al instante cayó a la cubierta, y al hacerlo extendió los brazos para salvarse, liberándome. Caí pesadamente sobre él, pero me puse de pie al instante. Al levantarme, dirigí una rápida mirada a mi oponente. Nunca más me amenazaría, ni a nadie, pues las grandes mandíbulas de Nobs se habían cerrado sobre su garganta. Entonces salté hacia el borde de la cubierta más cercana a la muchacha.

—¡Salte! -grité-. ¡Salte!

Y le extendí los brazos. Al instante, como confiando implícitamente en mi habilidad para salvarla, saltó por la borda del remolcador al inclinado y resbaladizo costado del submarino. Me dispuse a agarrarla. En ese mismo instante el remolcador apuntó su popa hacia el cielo y se perdió de vista. Mi mano perdió la de la muchacha por una fracción de pulgada y la vi caer al mar; pero apenas había tocado el agua cuando me lancé tras ella.

El remolcador hundido nos arrastró bajo la superficie, pero yo la había agarrado en el momento en que golpeé el agua, y por eso nos hundimos juntos, y juntos subimos… a unos pocos metros del submarino. Lo primero que oí fue a Nobs ladrando furiosamente; era evidente que me había perdido de vista y me estaba buscando. Una sola mirada a la cubierta del navío me aseguró que la batalla había terminado y que habíamos vencido, pues vi a nuestros supervivientes manteniendo encañonados a un puñado de enemigos mientras uno de los tripulantes salía del interior del sumergible y se alineaba en cubierta con los otros prisioneros.

Mientras nadaba con la muchacha hacia el submarino, los insistentes ladridos de Nobs llamaron la atención de algunos miembros de la tripulación del remolcador, así que en cuanto llegamos al costado había manos de sobra para ayudarnos a subir. Le pregunté a la muchacha si estaba herida, pero ella me aseguró que esta segunda inmersión no había sido peor que la primera; tampoco parecía sufrir ningún shock. Pronto iba yo a aprender que esta criatura esbelta y aparentemente delicada poseía el corazón y el valor de un guerrero.

Cuando nos reunimos con nuestro grupo, encontré al contramaestre del remolcador comprobando a los supervivientes. Quedábamos diez, sin incluir a la muchacha. Nuestro valiente capitán había caído, igual que otros ocho hombres más. Éramos diecinueve y habíamos despachado de un modo u otro a dieciséis alemanes y habíamos hecho nueve prisioneros, incluyendo al comandante. Su lugarteniente había muerto.

—No ha sido un mal trabajo -dijo Bradley, el contramaestre, cuando completó su conteo-. Perder al capitán es lo peor -añadió-. Era un buen hombre, un buen hombre.

Olson (quien a pesar de su nombre era irlandés, y a pesar de que no era escocés era el jefe de máquinas del remolcador), se nos acercó a Bradley y a mí.

—Sí -reconoció-. No ha estado mal, pero ¿qué vamos a hacer ahora?

—Llevaremos al submarino al puerto inglés más cercano -contestó Bradley-, y luego iremos a tierra y nos tomaremos unas cervezas -concluyó, riendo.

—¿Cómo vamos a dirigirlo? -preguntó Olson-. No podemos fiarnos de estos alemanes.

Bradley se rascó la cabeza.

—Supongo que tienes razón -admitió-. Y no sé nada de nada sobre submarinos.

—Yo sí -le aseguré-. Sé más sobre este submarino en concreto de lo que sabía el oficial que lo capitaneaba.

Ambos hombres me miraron sorprendidos, y entonces tuve que explicarles otra vez lo que le había explicado ya a la muchacha. Bradley y Olson se quedaron encantados. Inmediatamente me pusieron al mando, y lo primero que hice fue bajar con Olson e inspeccionar la nave a conciencia en busca de boches escondidos y maquinaria dañada. No había ningún alemán bajo cubierta, y todo estaba intacto y en perfecto estado. Entonces ordené que todo el mundo bajara excepto un hombre que actuaría como vigía. Tras interrogar a los alemanes, descubrí que todos excepto el comandante estaban dispuestos a reemprender sus tareas y ayudarnos a llevar al navío a un puerto inglés. Creo que se sintieron aliviados ante la perspectiva de ser retenidos en un cómodo campo de prisioneros inglés durante lo que quedara de guerra en vez de enfrentarse a los peligros y privaciones que habían sufrido. El oficial, sin embargo, me aseguró que nunca colaboraría en la captura de su barco.

No hubo, por tanto, otra cosa que hacer sino cargar al hombre de cadenas. Mientras nos preparábamos para aplicar esta decisión por la fuerza, la muchacha bajó desde cubierta. Era la primera vez que ella o el oficial alemán se veían desde que abordamos el submarino. Yo estaba ayudándola a bajar la escalerilla y todavía la sostenía por el brazo (posiblemente después de que tal apoyo fuera necesario), cuando ella se dio la vuelta y miró directamente al rostro del alemán. Cada uno de ellos dejó escapar una súbita exclamación de sorpresa y desazón.

—¡Lys! -exclamó él, y dio un paso hacia ella.

Los ojos de la muchacha se abrieron como platos, y lentamente se llenaron de horror, mientras retrocedía. Entonces su esbelta figura se enderezó como un soldado, y con la barbilla al aire y sin decir palabra le dio la espalda al oficial.

—Lleváoslo -ordené a los dos hombres que lo custodiaban-, y cargadlo de cadenas.

Cuando el alemán se marchó, la muchacha me miró a los ojos.

—Es el alemán del que le hablé -dijo-. El barón von Schoenvorts.

Yo simplemente incliné la cabeza. ¡Ella lo había amado! Me pregunté si en el fondo de su corazón no lo amaba todavía. De inmediato me volví insanamente celoso. Odié al barón Friedrich von Schoenvorts con tanta intensidad que la emoción me embargó con una especie de exaltación.

Pero no tuve muchas oportunidades para regocijarme en mi odio entonces, pues casi inmediatamente el vigía asomó la cabeza por la escotilla y gritó que había humo en el horizonte, ante nosotros. Al punto subí a cubierta para investigar, y Bradley vino conmigo.

—Si son amigos, hablaremos con ellos -dijo-. Si no, los hundiremos… ¿eh, capitán?

—Sí, teniente -repliqué, y le tocó a él el turno de sonreír.

Izamos la bandera inglesa y permanecimos en cubierta. Le pedí a Bradley que bajara y asignara su función a cada miembro de la tripulación, colocando a un inglés con pistola detrás de cada alemán.

—Avante a media velocidad -ordené.

Más rápidamente ahora, cubrimos la distancia que nos separaba del barco desconocido, hasta que pude ver claramente la insignia roja de la marina mercante británica. Mi corazón se hinchó de orgullo ante la idea de que los ingleses nos felicitarían por tan noble captura; y justo en ese momento el vapor mercante debió avistarnos, pues viró súbitamente hacia el norte, y un momento más tarde densas columnas de humo surgieron de sus chimeneas. Entonces, tras marcar un rumbo en zigzag, huyó de nosotros como si tuviéramos la peste bubónica. Alteré el curso del submarino y me dispuse a perseguirlos, pero el vapor era más rápido que nosotros, y pronto nos dejó dolorosamente atrás.

Con una sonrisa triste, ordené que se reemprendiera nuestro curso original, y una vez más nos dirigimos a la alegre Inglaterra. Eso fue hace tres meses, y no hemos llegado todavía: ni es probable que lo hagamos nunca. El vapor que acabábamos de avistar debió telegrafiar una advertencia, pues no había pasado ni media hora cuando vimos más humo en el horizonte, y esta vez el barco llevaba la bandera blanca de la Royal Navy, e iba armado. No viró al norte ni a ninguna otra parte, sino que se dirigió hacia nosotros rápidamente. Estaba preparándome para hacerle señales cuando una llamarada brotó en su proa, y un instante después el agua ante nosotros se elevó por la explosión de un proyectil.

Bradley había subido a cubierta y estaba a mi lado.

—Un disparo más, y nos alcanzará -dijo-. No parece darle mucho crédito a nuestra bandera.

Un segundo proyectil pasó sobre nosotros, y entonces di la orden de cambiar de dirección, indicando al mismo tiempo a Bradley que bajara y diera la orden de sumergirnos. Le entregué a Nobs y al seguirlo me encargué de cerrar y asegurar la escotilla. Me pareció que los tanques de inmersión nunca se habían llenado más despacio. Oímos una fuerte explosión sobre nosotros; el navío se estremeció por la onda expansiva que nos arrojó a todos a cubierta. Esperé sentir de un momento a otro el diluvio del agua inundándonos, pero no sucedió nada. En cambio, continuamos sumergiéndonos hasta que el manómetro registró cuarenta pies y entonces supe que estábamos a salvo. ¡A salvo! Casi sonreí. Había relevado a Olson, que había permanecido en la torreta siguiendo mis indicaciones, pues había sido miembro de uno de los primeros submarinos ingleses, y por tanto sabía algo del tema. Bradley estaba a mi lado. Me miró, intrigado.

—¿Qué demonios vamos a hacer? -preguntó-. El barco mercante huye de nosotros; el de guerra nos destruirá; ninguno de los dos creerá nuestros colores y nos dará una oportunidad para explicarnos. Tendremos una recepción aún peor si nos asomamos a un puerto inglés: minas, redes y todo lo demás. No podemos hacerlo.

—Intentémoslo de nuevo cuando ese barco haya perdido la pista -insté-. Tendrá que haber algún barco que nos crea.

Y lo intentamos otra vez, pero estuvimos a punto de ser embestidos por un pesado carguero. Más tarde nos disparó un destructor, y dos barcos mercantes se dieron la vuelta y huyeron al vernos aproximarnos. Durante dos días recorrimos el Canal de un lado a otro intentando decirle a alguien que quisiera escuchar que éramos amigos; pero nadie quería escucharnos. Después de nuestro encuentro con el primer barco de guerra, di instrucciones para que enviaran un cable explicando nuestra situación: pero para mi sorpresa descubrí que el emisor y el receptor habían desaparecido.

—Sólo hay un lugar al que pueden ir -me hizo saber von Schoenvorts-, y es Kiel. No podrá desembarcar en ningún lugar en estas aguas. Si lo desea, los llevaré allí, y puedo prometer que serán tratados bien.

—Hay otro lugar al que podemos ir -repliqué-, y allí iremos antes que a Alemania. Ese lugar es el infierno.

Capítulo III

Aquellos fueron días ansiosos, donde apenas tuve oportunidad de relacionarme con Lys. Le había asignado el camarote del capitán, Bradley y yo nos quedamos con el del oficial de cubierta, mientras que Olson y dos de nuestros mejores hombres ocuparon el cuarto que normalmente se dedicaba a los suboficiales. Hice que Nobs se alojara en la habitación de Lys, pues sabía que así ella se sentiría menos sola.

No sucedió nada de importancia durante algún tiempo, mientras dejábamos atrás las aguas británicas. Navegamos por la superficie, a buen ritmo. Los dos primeros barcos que avistamos escaparon tan rápido como pudieron, y el tercero, un carguero, nos disparó, obligándonos a sumergirnos. Después de esto comenzaron nuestros problemas. Uno de los motores de gasoil se estropeó por la mañana, y mientras intentábamos repararlo el tanque de inmersión de la banda de babor a proa empezó a llenarse.

Yo estaba en cubierta en ese momento y advertí la inclinación gradual. Comprendí de inmediato lo que estaba ocurriendo, y salté a la escotilla y la cerré de golpe sobre mi cabeza y corrí a la sala central. A estas alturas el navío se hundía por la proa con una desagradable inclinación a babor, y no esperé a transmitirle las órdenes a nadie más, sino que corrí hasta la válvula que dejaba entrar el agua en el tanque. Estaba abierta de par en par. Cerrarla y conectar la bomba de succión que lo vaciaría fue cosa de un minuto, pero estuvimos cerca.

Sabía que esa válvula nunca se habría abierto sola. Alguien lo había hecho… alguien que estaba dispuesto a morir si con eso conseguía la muerte de todos nosotros. Después de eso, mantuve a un guardia alerta por todo el estrecho navío. Trabajamos en el motor todo ese día y esa noche y la mitad del día siguiente.

La mayor parte del tiempo flotamos a la deriva en la superficie, pero hacia mediodía divisamos humo al oeste, y tras haber descubierto que sólo teníamos enemigos en el mundo, ordené que pusieran en marcha el otro motor para poder apartarnos del rumbo del vapor que se acercaba. Sin embargo, en el momento en que el motor empezó a funcionar, hubo un rechinante sonido de acero torturado, y cuando cesó, descubrimos que alguien había colocado un cortafrío en una de las marchas.

Pasaron otros dos días antes de que pudiéramos continuar renqueando, a medio reparar. La noche antes de que las reparaciones estuvieran completas, el centinela vino a despertarme. Era un tipo inteligente de clase media, en el que tenía mucha confianza.

—Bien, Wilson -pregunté-. ¿Qué pasa ahora? Él se llevó un dedo a los labios y se acercó a mí. -Creo que he descubierto quién está haciendo los sabotajes -susurró, y señaló con la cabeza en dirección al camarote de la muchacha-. La he visto salir de la sala de la tripulación ahora mismo -continuó-. Ha estado dentro charlando con el capitán boche. Benson la vio allí anoche también, pero no dijo nada hasta que me tocó la guardia a mí esta noche. Benson es un poco corto de entendederas, y nunca suma dos y dos hasta que alguien le ha dicho que son cuatro.

Si el hombre hubiera venido y me hubiera abofeteado en la cara, no me habría sentido más sorprendido.

—No le digas nada de esto a nadie -ordené-. Mantén los ojos y los oídos abiertos e infórmame de toda cosa sospechosa que veas u oigas.

El hombre saludó y se marchó; pero durante una hora o más me agité, inquieto, en mi duro jergón, lleno de celos y temor. Finalmente, me hundí en un sueño preocupado. Era de día cuando desperté. Navegábamos lentamente sobre la superficie, pues mis órdenes eran avanzar a velocidad media hasta que pudiéramos hacer una medición y determinar nuestra posición. El cielo había estado nublado todo el día y la noche anterior; pero cuando salí a la torreta esa mañana, me complació ver que el sol brillaba de nuevo. Los ánimos de los hombres parecían haber mejorado; todo parecía propicio. Olvidé de inmediato los crueles recelos de la noche pasada y me puse a trabajar para hacer mis mediciones.

¡Qué golpe me esperaba! El sextante y el cronómetro estaban destruidos sin posibilidad de ser reparados, y los habían roto esta misma noche. Los habían roto la noche que habían visto a Lys hablar con von Schoenvorts. Creo que fue este último pensamiento lo que me hirió más. Podía mirar el otro desastre a la cara con ecuanimidad: pero el hecho desnudo de que Lys pudiera ser una traidora me escandalizaba. Llamé a Bradley y a Olson a cubierta y les conté lo que había sucedido, pero por mi vida que no pude repetir lo que Wilson me había informado la noche anterior. De hecho, como había reflexionado sobre el tema, me parecía increíble que la muchacha pudiera haber pasado a través de mi habitación, donde dormíamos Bradley y yo, y luego hubiera entablado conversación en la sala de la tripulación, donde estaba retenido von Schoenvorts, sin que la hubiera visto más que un solo hombre.

Bradley sacudió la cabeza.

—No lo comprendo -dijo-. Uno de los boches debe ser muy listo para jugárnosla de esta manera; pero no nos han hecho tanto daño como creen: todavía tenemos los instrumentos de repuesto.

Ahora me tocó el turno a mí de sacudir tristemente la cabeza.

—No hay ningún instrumento de repuesto -les dije-. También desaparecieron, con el telégrafo.

Ambos hombres me miraron sorprendidos.

—Todavía tenemos la brújula y el sol -dijo Olson-. Puede que intenten cargarse la brújula alguna noche, pero somos demasiados durante el día para que puedan eliminar el sol.

Fue entonces cuando uno de los hombres asomó la cabeza por la escotilla, me vio y pidió permiso para subir a cubierta y aspirar una bocanada de aire fresco. Reconocí que era Benson, el hombre quien, según había dicho Wilson, informó de haber visto a Lys con von Schoenvorts dos noches antes. Le indiqué que subiera y luego lo llevé a un lado, y le pregunté si había visto algo extraño o fuera de lo común durante su guardia la noche anterior. El hombre se rascó la cabeza.

—No -dijo, y entonces, como si se lo pensara mejor, me dijo que había visto a la muchacha en la sala de la tripulación a eso de media noche hablando con el comandante alemán, pero que no le había parecido que hubiera nada malo en ello, y por eso no dijo nada al respecto. Tras decirle que no dejara de informarme si veía que pasaba cualquier cosa que se desviara lo más mínimo de la rutina del barco, lo despedí.

Varios hombres más pidieron permiso para subir a cubierta, y pronto todos menos los que tenían trabajo que hacer estaban arriba fumando y charlando, de buen humor. Me aproveché de la ausencia de los hombres y bajé a tomar el desayuno, que el cocinero estaba preparando ya en el horno eléctrico. Lys, seguida de Nobs, apareció cuando yo llegaba al puente.

—¡Buenos días! -dijo alegremente, y se reunió conmigo, pero me temo que yo le respondí de manera bastante constreñida y hosca.

—¿Quiere desayunar conmigo? -le pregunté de sopetón, decidido a comenzar una investigación propia siguiendo las líneas que exigía el deber.

Ella asintió, aceptando dulcemente mi invitación, y juntos nos sentamos ante la mesita del comedor de oficiales. -¿Durmió bien anoche? -le pregunté.

—Toda la noche -respondió ella-. Tengo el sueño profundo. Sus modales eran tan directos y sinceros que no pude creer en su duplicidad. Sin embargo, creyendo que iba a sorprenderla para que traicionara su culpa, revelé:

—El cronómetro y el sextante fueron destruidos anoche. Hay un traidor entre nosotros.

Pero ella no movió ni un pelo que evidenciara un conocimiento culpable de la catástrofe.

—¿Quién puede haber sido? -exclamó-. Los alemanes estarían locos si lo hicieran, pues sus vidas correrían tanto peligro como las nuestras.

—Los hombres a menudo se alegran de morir por un ideal… un ideal patriótico, tal vez -respondí-. Y están dispuestos a convertirse en mártires, lo que incluye la disposición a sacrificar a otros, incluso a aquellos que los aman. Las mujeres son igual, pero son capaces de ir más allá que los hombres… lo sacrifican todo por amor, incluso el honor.

La observé con atención mientras hablaba, y me pareció detectar un leve sonrojo en su mejilla. Viendo una oportunidad y una ventaja, decidí continuar.

—Pongamos el caso de von Schoenvorts, por ejemplo -dije-. Sin duda se alegraría de morir y llevarnos a todos por delante si pudiera impedir que su barco cayera en manos enemigas. Sacrificaría a cualquiera, incluso a usted. Y si usted lo ama todavía, bien podría ser su herramienta. ¿Me comprende?

Ella me miró con los ojos espantados y llenos de consternación durante un momento, y luego se puso muy blanca y se levantó de su asiento.

—Le comprendo -replicó, y tras darme la espalda salió rápidamente de la sala. Me dispuse a seguirla, pues incluso creyendo lo que creía, lamentaba haberla herido. Llegué a la puerta de la sala de la tripulación justo a tiempo de ver a von Schoenvorts inclinarse hacia adelante y susurrarle algo mientras pasaba. Pero ella debió suponer que la estaban vigilando, porque siguió de largo.

Esa tarde el tiempo cambió: el viento se convirtió en una galerna, y el mar se alzó hasta que el navío empezó a agitarse y mecerse de manera aterradora. Casi todo el mundo a bordo se mareó; el aire estaba cargado y opresivo. Durante veinticuatro horas no dejé mi puesto junto a la torreta, ya que tanto Olson como Bradley estaban enfermos. Finalmente descubrí que debía descansar un poco, y busqué a alguien que me relevara. Benson se ofreció voluntario. No se había mareado, y me aseguró que había servido en tiempos con la Royal Navy, y que había servido en un submarino durante más de dos años. Me alegré de que fuera él, pues confiaba bastante en su lealtad, y por eso bajé y me acosté, sintiéndome seguro.

Dormí doce horas seguidas, y cuando desperté y descubrí lo que había hecho, no perdí tiempo y regresé a la torre. Allí estaba Benson, sentado y despierto, y la brújula mostraba que nos habíamos dirigido al oeste. La tormenta seguía su curso: no aplacó su furia hasta el cuarto día. Todos estábamos exhaustos y anhelábamos poder subir a cubierta y llenar nuestros pulmones de aire fresco.

Durante cuatro días no vi a la muchacha, ya que ella permaneció en su habitación, y durante este tiempo no hubo ningún incidente extraño, un hecho que parecía reforzar la telaraña de pruebas circunstanciales en torno a ella.

Durante seis días después de que la tormenta remitiera tuvimos un tiempo bastante desapacible: el sol no asomó ni una sola vez. Para tratarse de mediados de junio, la tormenta no era normal, pero como soy del sur de California, estoy acostumbrado a los vaivenes del tiempo. De hecho, he descubierto que, en todo el mundo, el clima inestable prevalece en todas las épocas del año.

Mantuvimos nuestro firme rumbo oeste, y puesto que el U-33 era uno de los sumergibles más rápidos que habíamos fabricado jamás, supe que debíamos estar bastante cerca de la costa norteamericana. Lo que más me sorprendía fue el hecho de que durante seis días no hubiéramos avistado a un solo barco. Parecía curioso que pudiéramos cruzar el Atlántico casi de costa a costa sin avistar humo o una vela, y por fin llegué a la conclusión de que nos habíamos desviado del rumbo, pero no pude determinar si hacia el norte o hacia el sur.

Al séptimo día el mar amaneció comparativamente calmo. Había una leve neblina en el océano que nos había impedido divisar las estrellas, pero todas las condiciones apuntaban a una mañana despejada, y yo estaba en cubierta esperando ansiosamente a que saliera el sol. Tenía la mirada clavada en la impenetrable niebla a proa, pues al este debería ver el primer atisbo del sol al amanecer que pudiera indicarme que todavía seguíamos el rumbo adecuado. Gradualmente los cielos se aclararon; pero a proa no pude ver ningún brillo más intenso que indicara la salida del sol detrás de la niebla.

Bradley estaba a mi lado. Me tocó el brazo.

—Mire, capitán -dijo, y señaló al sur.

Miré y me quedé boquiabierto, pues directamente a babor vi el contorno rojizo del sol. Corrí a la torre, miré la brújula. Mostraba que nos dirigíamos firmemente hacia el oeste. O bien el sol salía por el sur, o habían manipulado la brújula. La conclusión era obvia.

Volví junto a Bradley y le dije lo que había descubierto.

—Y no podremos hacer otros quinientos nudos sin combustible -concluí-. Nuestras provisiones empiezan a escasear, igual que el agua. Sólo Dios sabe hasta dónde hemos llegado.

—No hay nada que hacer -replicó él-, sino alterar nuestro curso una vez más hacia el oeste. Debemos encontrar tierra pronto o estaremos perdidos.

Le dije que así lo hiciera, y luego me puse a trabajar improvisando un burdo sextante que al final nos indicó nuestro paradero de manera burda e insatisfactoria, pues cuando terminé el trabajo, no supimos cuán lejos de la verdad estaba el resultado. Nos mostró que estábamos 20' norte y 30' oeste… casi dos mil quinientas millas desviados de nuestro rumbo. En resumen, si nuestros cálculos eran remotamente correctos, debíamos de haber estado viajando hacia el sur durante seis días. Bradley no relevó a Benson, pues habían dividido nuestros turnos de modo que éste último y Olson ahora se encargaban de las noches, mientras que Bradley y yo alternábamos los días.

Interrogué a Olson y Benson sobre el asunto de la brújula. Pero cada uno de ellos mantuvo firmemente que nadie la había tocado durante su turno de guardia. Benson me dirigió una mirada de inteligencia, como diciendo:

—Bueno, usted y yo sabemos quién lo hizo.

Pero yo no podía creer que hubiera sido la muchacha.

Mantuvimos el rumbo durante varias horas, y entonces el grito del vigía anunció una vela. Ordené alterar el curso del U-33 y nos acercamos al barco desconocido, pues yo había tomado una decisión fruto de la necesidad. No podíamos quedarnos aquí en medio del Atlántico y morir de hambre si había un medio de evitarlo. El velero nos vio cuando aún estábamos lejos, como quedó claro por sus intentos de escapar. Sin embargo, apenas había viento, y su caso estaba perdido; así que cuando nos acercamos y le indicamos que parase, quedó al pairo con las velas muertas. Nos acercamos. Era el Balmen de Halsmstad, Suecia, con un cargamento general de Brasil para España.

Expliqué nuestras circunstancias a su capitán y pedí comida, agua y combustible, pero cuando descubrió que no éramos alemanes, se puso muy furioso y molesto y empezó a retirarse. Yo no estaba de humor para este tipo de cosas. Volviéndome hacia Bradley, que estaba en la torre, ordené:

—¡Artilleros a cubierta! ¡A sus puestos!

No habíamos tenido ninguna oportunidad para ensayar maniobras, pero cada hombre se situó en su puesto, y los miembros alemanes de la tripulación comprendieron que para ellos era obediencia o muerte, ya que cada uno iba acompañado por un hombre con una pistola. La mayoría de ellos, sin embargo, se alegraron de obedecerme.

Bradley transmitió la orden y un momento después la tripulación subió la estrecha escalerilla y apuntaron al lento velero sueco.

—Disparad una andanada contra su proa -instruí al capitán artillero.

Créanme, el sueco no tardó mucho en ver su error e izar el estandarte rojo y blanco que significa «comprendo». Una vez más las velas colgaron flácidas, y entonces le ordené que arriara un bote y viniera a recogerme. Abordé el barco con Olson y un par de ingleses, y seleccioné de su cargamento lo que necesitábamos: combustible, provisiones y agua. Le di al capitán del Balmen una lista de lo que nos llevamos, junto con una declaración firmada por Bradley, Olson y yo mismo, declarando brevemente cómo habíamos tomado posesión del U-33 y la urgencia de nuestra necesidad por lo que nos llevábamos. Dirigimos ambas misivas a cualquier agente británico con la petición de que pagaran a los propietarios del Balmen, pero si lo han hecho o no, no lo sé.

Con agua, comida y combustible, sentimos que habíamos obtenido una nueva oportunidad en la vida. Ahora también sabíamos definitivamente dónde estábamos, y decidí dirigirnos a Georgetown, Guinea Británica… pero estaba destinado a sufrir otra amarga decepción.

Seis de los miembros de la tripulación habían subido a cubierta para atender el cañón o abordar el velero suizo durante nuestro encuentro, y ahora, uno a uno, fuimos descendiendo la escalerilla. Fui el último en bajar, y cuando llegué al pie, me encontré mirando la boca de una pistola que el barón Friedrich von Schoenvorts tenía en la mano. Vi a todos mis hombres alineados a un lado, con los ocho alemanes restantes vigilándolos.

No pude imaginar cómo había sucedido, pero así había sido. Más tarde me enteraría de que habían asaltado a Benson, que dormía en su camastro, y le habían quitado la pistola, y luego encontraron la manera de desarmar al cocinero y a los otros dos ingleses restantes. Después de eso, fue comparativamente sencillo esperar al pie de la escalera para ir deteniendo a cada individuo a medida que iban bajando.

Lo primero que hizo von Schoenvorts fue mandarme llamar y anunciar que como pirata sería fusilado a primera hora de la mañana. Entonces explicó que el U-33 surcaría estas aguas durante algún tiempo, hundiendo barcos neutrales y enemigos indiscriminadamente, y buscando a uno de los incursores alemanes que supuestamente estaban en esta zona.

No me fusiló a la mañana siguiente como había prometido, y nunca me quedó demasiado claro por qué pospuso la ejecución de mi sentencia. En cambio, me encadenó como lo habíamos encadenado a él, luego echó a Bradley de mi habitación y la tomó para sí.

Navegamos durante mucho tiempo, hundiendo muchos barcos, todos menos uno por medio de torpedos, pero no nos encontramos con ningún incursor alemán. Me sorprendió advertir que von Schoenvorts permitía a menudo a Benson que tomara el mando, pero comprendí que Benson parecía saber más del trabajo de un comandante de submarino que cualquiera de los estúpidos alemanes.

Una o dos veces Lys pasó por mi lado, pero en su mayor parte se mantuvo encerrada en su camarote. La primera vez vaciló, como si quisiera hablar conmigo; pero yo no levanté la cabeza, y al final pasó de largo. Un día llegó la noticia de que íbamos a rodear el cabo de Hornos y que a von Schoenvorts se le había metido en la cabeza surcar la costa del Pacífico de Norteamérica y atacar a los barcos mercantes.

—Les haré sentir el temor de Dios y del Kaiser -dijo.

El mismo día en que entramos en el Pacífico Sur tuvimos una aventura. Resultó ser la aventura más excitante que he conocido jamás. A unas ocho campanadas de la guardia de la tarde oí un grito en cubierta, y poco después los pasos de toda la tripulación, por la cantidad de ruido que oí en la escalerilla. Alguien le gritó a los que todavía no habían llegado a cubierta:

—¡Es el incursor, el incursor alemán Geier!

Vi que habíamos llegado al final del camino. Abajo todo era silencio: no quedaba nadie. Una puerta se abrió al fondo del estrecho pasillo, y al momento Nobs vino trotando hacia mí. Me lamió la cara y se tumbó de espaldas, buscándome con sus grandes y torpes patas. Entonces oí otros pasos que se acercaban. Sabía a quién pertenecían, y alcé la cabeza. La muchacha venía casi a la carrera. Me alcanzó inmediatamente.

—¡Tome! -exclamó-. ¡Rápido!

Y me puso algo en la mano. Era una llave: la llave de mis cadenas. A mi lado también colocó una pistola, y luego corrió a la central. Mientras pasaba junto a mí, vi que también llevaba una pistola. No tardé mucho en liberarme, y corrí a su lado.

—¿Cómo puedo agradecérselo? -empecé a decir, pero ella me hizo callar.

—No me dé las gracias -dijo fríamente-. No quiero oír su agradecimiento ni nada más de su parte. No se quede ahí mirándome. Le he dado una oportunidad de hacer algo… ¡ahora hágalo!

Lo último fue una orden perentoria que me hizo dar un respingo.

Al alzar la cabeza, vi que la torre estaba vacía, y no perdí el tiempo y subí y miré a mi alrededor. A unos cien metros se encontraba un pequeño y rápido barco incursor, y en él ondeaba la bandera de guerra alemana. Acababan de arriar un bote, y pude ver que se dirigía hacia nosotros lleno de oficiales y hombres.

El crucero estaba quieto.

—Vaya -pensé-, qué delicioso blanco…

Dejé incluso de pensar, sorprendido y alarmado por la osadía de la imagen. La chica estaba debajo de mí. La miré con tristeza. ¿Podía confiar en ella? ¿Por qué me había liberado en este momento? ¡Debo hacerlo! ¡Debo hacerlo! No había otro modo. Volví abajo.

—Pídale a Olson que baje aquí, por favor -le dije-, y no deje que la vea nadie.

Ella me miró con una expresión de aturdimiento en el rostro durante una brevísima fracción de segundo, y entonces se volvió y subió la escalerilla. Un momento después Olson regresó, seguido por la muchacha.

—¡Rápido! -le susurré al grandullón irlandés, y me dirigí al compartimento de proa donde estaban los torpedos.

La muchacha nos acompañó, y cuando vio lo que yo tenía en mente, avanzó y echó una mano para cargar el gran cilindro de muerte y destrucción en la boca de su tubo. Con grasa y fuerza bruta metimos el torpedo en su hueco y cerramos el tubo; entonces corrí hacia la torre, rezando para que el U-33 no hubiera variado de posición con respecto a la presa. ¡No, gracias a Dios!

Nunca podría haber un blanco más fácil. Señalé a Olson:

—¡Suéltalo!

El U-33 tembló de proa a popa cuando el torpedo salió disparado de su tubo. Vi la estela blanca saltar de la proa hacia el crucero enemigo. Un coro de roncos gritos surgió de la cubierta de nuestro propio navío: Vi a los oficiales erguirse de pronto en el bote que se acercaba a nosotros, y oí gritos y maldiciones en el otro barco. Entonces volví mi atención a mis propios asuntos. La mayoría de los hombres en la cubierta del submarino permanecían paralizados, contemplando fascinados el torpedo.

Bradley estaba mirando hacia la torre y me vio. Salté a cubierta y corrí hacia él.

—¡Rápido! -susurré-. Debemos vencerlos mientras están aturdidos.

Cerca de Bradley había un alemán, justo delante de él. El inglés golpeó al tipo con fuerza en el cuello y al mismo tiempo le quitó la pistola de la funda. Von Schoenvorts se había recuperado rápidamente de la sorpresa inicial y se había vuelto hacia la escotilla principal para investigar. Lo apunté con mi revolver, y en el mismo momento en que el torpedo alcanzó al incursor, la terrible explosión ahogó la orden que el alemán daba a sus hombres.

Bradley corría ahora de uno de nuestros hombres a otro, y aunque algunos de los alemanes lo vieron y oyeron, parecían demasiado aturdidos para reaccionar.

Olson estaba abajo, así que éramos nueve contra ocho alemanes, pues el hombre al que Bradley había golpeado estaba todavía en el suelo de cubierta. Sólo dos de nosotros estábamos armados, pero los boches parecían haberse quedado sin ánimos, y pusieron poca resistencia. Von Schoenvorts fue el peor: estaba frenético, lleno de furia y frustración, y me atacó como un toro salvaje, descargando mientras lo hacía su pistola. Si se hubiera detenido a apuntar, me podría haber alcanzado; pero su frenesí era tal que ni una sola bala me rozó, y entonces nos enzarzamos en un cuerpo a cuerpo y caímos a cubierta. Dos de mis hombres recogieron rápidamente las dos pistolas caídas. El barón no era rival para mí en este encuentro, y pronto lo tuve desplomado en cubierta, casi sin vida.

Media hora más tarde las cosas se habían apaciguado, y todo estaba casi igual que antes de que los prisioneros se hubieran rebelado, sólo que ahora vigilábamos mucho más de cerca a von Schoenvorts. El Geier se había hundido mientras nosotros todavía peleábamos en cubierta. Nos retiramos hacia el norte, dejando a los supervivientes a la atención del bote que se acercaba a nosotros cuando Olson disparó el torpedo. Supongo que los pobres diablos nunca llegaron a tierra, y si lo hicieron, probablemente perecieron en aquella costa inhóspita y fría, pero no podía hacerles sitio en el U-33. Teníamos todos los alemanes de los que podíamos ocuparnos.

Lys apareció, envuelta su esbelta figura en una gruesa manta, y cuando me acerqué a ella, casi se dio la vuelta para ver quién era. Cuando me reconoció, se giró inmediatamente.

—Quiero darle las gracias -dije-, por su valentía y su lealtad… Estuvo usted magnífica. Lamento que tuviera usted razones antes para pensar que dudé de usted.

—Dudó usted de mí -repitió ella con voz átona-. Prácticamente me acusó de ayudar al barón von Schoenvorts. Nunca podré perdonárselo.

Había una frialdad total en sus palabras y su tono.

—No pude creerlo -dije-, pero dos de mis hombres informaron que la habían visto conversar con von Schoenvorts de noche, en dos ocasiones distintas… y después de cada una de ellas encontramos actos de sabotaje. No quería dudar de usted, pero mi responsabilidad son las vidas de estos hombres, y la seguridad del barco, y su vida y la mía. Tuve que vigilarla, y ponerla en guardia contra cualquier repetición de su locura.

Ella me miró con aquellos grandes ojos suyos, muy redondos y espantados.

—¿Quién le dijo que hablé con el barón von Schoenvorts, de noche o en cualquier otro momento? -preguntó.

—No puedo decírselo, Lys -respondí-, pero me vino por dos fuentes distintas.

—Entonces dos hombres han mentido -aseguró ella sin apasionamiento-. No he hablado con el barón von Schoenvorts más que en su presencia cuando subimos a bordo del U-33. Y por favor, cuando se dirija a mí, acuérdese que excepto para mis íntimos soy la señorita La Rué.

¿Les han golpeado alguna vez en la cara cuando menos se lo esperaban? ¿No? Bueno, entonces no saben cómo me sentí en ese momento. Pude sentir el rojo calor que ruborizaba mi cuello, mis mejillas, mis orejas, hasta el cuero cabelludo. Y eso me hizo amarla aún más, me hizo jurar por dentro un millar de solemnes promesas de que ganaría su amor.

Capítulo IV

Durante varios días seguimos el mismo rumbo. Cada mañana, con mi burdo sextante, calculaba nuestra posición, pero los resultados eran siempre muy insatisfactorios. Siempre mostraban un considerable desvío al oeste cuando yo sabía que habíamos estado navegando hacia el norte. Eché la culpa a mi burdo instrumento, y continué.

Una tarde, la muchacha se me acercó.

—Perdóneme -dijo-, pero si yo fuera usted, vigilaría a ese tal Benson… sobre todo cuando está al cargo.

Le pregunté qué quería decir, pensando que podía ver la influencia de von Schoenvorts levantando sospechas contra uno de mis hombres de más confianza.

—Si anota el curso del barco media hora después de que Benson entre de guardia -dijo ella-, sabrá lo que quiero decir, y comprenderá por qué prefiere las guardias nocturnas. Posiblemente, también, comprenderá algunas otras cosas que han sucedido a bordo.

Entonces volvió a su camarote, dando fin a nuestra conversación. Esperé media hora después de que Benson entrara de guardia, y luego subí a cubierta, pasando junto a la timonera blindada donde estaba Benson, y miré la brújula. Mostraba que nuestro rumbo era noroeste, es decir, un punto al oeste del norte, que era lo adecuado para nuestra posición asumida. Me sentí muy aliviado al descubrir que no sucedía nada malo, pues las palabras de la muchacha me habían causado una considerable aprensión. Estaba a punto de regresar a mi camarote cuando se me ocurrió una idea que de nuevo me hizo cambiar de opinión… y que, incidentalmente, casi se convirtió en mi sentencia de muerte.

Cuando dejé la timonera hacía poco más de media hora, el mar golpeaba a babor, y me pareció improbable que en tan corto espacio de tiempo la marea pudiera estar golpeándonos desde el otro lado del barco. Los vientos pueden cambiar rápidamente, pero no la marejada. Sólo había una solución: desde que dejé la timonera, nuestro curso había sido alterado unos ocho puntos. Tras volverme rápidamente, subí a la torre. Una sola mirada al cielo confirmó mis sospechas: las constelaciones que deberían de haber estado delante estaban directamente a estribor. Navegábamos hacia el oeste.

Me quedé allí un instante más para comprobar mis cálculos. Quería estar seguro del todo antes de acusar a Benson de traición, y lo único que estuve a punto de conseguir fue la muerte. No comprendo cómo escapé de ella. Estaba de pie en el filo de la timonera, cuando una pesada palma me golpeó entre los hombros y me lanzó al espacio. La caída a la cubierta triangular de la timonera podría haberme roto una pierna, o haber hecho que cayera al agua, pero el destino estaba de mi parte, y sólo acabé con leves magulladuras. Cuando me puse en pie, oí cerrarse la compuerta. Hay una escalerilla que va de la cubierta a lo alto de la torreta. La subí lo más rápido que pude, pero Benson la cerró antes de que llegara.

Me quedé allí un instante, lleno de aturdida consternación. ¿Qué pretendía aquel tipo? ¿Qué estaba sucediendo abajo? Si Benson era un traidor, ¿cómo podía yo saber que no había otros traidores entre nosotros? Me maldije a mí mismo por mi estupidez al subir a cubierta, y entonces esta idea sugirió otra, una idea horrible: ¿quién era realmente responsable de que yo estuviera allí?

Pensando en llamar la atención a los que estaban dentro del submarino, bajé de nuevo la escalerilla y llegué a la pequeña cubierta sólo para encontrar que las compuertas de la torre estaban cerradas, y entonces apoyé la espalda contra la torre y me maldije por ser un idiota crédulo.

Miré hacia proa. El mar parecía estar encrespándose, pues cada ola ahora barría completamente la cubierta inferior. Las observé durante un instante, y entonces un súbito escalofrío recorrió todo mi ser. No era el frío de la ropa mojada, ni las gotas de agua que empapaban mi rostro: no, era el frío de la mano de la muerte sobre mi corazón. En un instante había girado la última esquina de la carretera de la vida y estaba mirando a la cara a Dios Todopoderoso… ¡el submarino se sumergía lentamente!

Sería difícil, incluso imposible, ser capaz de escribir mis sensaciones en ese momento. Todo lo que puedo recordar en concreto es que me eché a reír, ni por valentía ni por histeria. Y quise fumar. ¡Dios, cómo quise fumar! Pero eso estaba fuera de toda cuestión.

Vi el agua subir hasta que la pequeña cubierta en la que yo estaba quedó barrida, y entonces me subí una vez más a lo alto de la timonera. Por la lentitud del barco en sumergirse supe que Benson estaba realizando la maniobra solo: estaba permitiendo simplemente que los tanques de inmersión se llenaran y que los timones de inmersión no estuvieran en uso. El latido de las turbinas cesó, y en su auxilio llegó la firme vibración de los motores eléctricos. ¡El agua estaba a la mitad de la timonera! Podría estar quizás unos cinco minutos más en la cubierta. Traté de decidir qué hacer después de que el agua me barriera. ¿Debería nadar hasta que el cansancio pudiera conmigo, o debería renunciar y terminar la agonía con el primer asalto?

Desde abajo llegaron dos sonidos ahogados. Parecieron disparos. ¿Se había encontrado Benson con algún tipo de resistencia? Para mí aquello significaría muy poco, pues aunque mis hombres pudieran vencer al enemigo, ninguno sabría de mi situación hasta que ya fuera demasiado tarde para rescatarme. La parte superior de la timonera estaba ya cubierta. Me agarré al mástil del telégrafo, mientras las grandes olas saltaban y a veces me cubrían por completo.

Supe que el fin estaba cerca y, casi involuntariamente, hice lo que no había hecho desde la infancia: recé. Después de eso me sentí mejor.

Me agarré y esperé, pero el agua no siguió subiendo.

En cambio, retrocedió. Ahora la parte superior de la torreta recibía solo las crestas de las olas más altas; ¡y la pequeña cubierta triangular de abajo se hizo visible! ¿Qué había sucedido dentro? ¿Creía Benson que ya me había eliminado, y emergía por eso, o había sido derrotado junto con sus aliados? El suspense fue más agotador que lo que yo había soportado mientras esperaba el desenlace. Al instante la cubierta principal quedó a vista, y entonces la torreta se abrió detrás de mí, y me volví y vi el ansioso rostro de Bradley. Una expresión de alivio se dibujó en sus rasgos.

—¡Gracias a Dios, hombre! -fue todo lo que dijo, mientras extendía la mano y me arrastraba hasta la torre. Me sentía helado y aturdido y agotado.

Unos pocos minutos más y habría sido mi final, estoy seguro, pero el calor del interior del submarino ayudó a revivirme, auxiliado e impulsado por el brandy que Bradley me hizo tragar y que casi me quema la garganta. Ese brandy habría revivido a un cadáver.

Cuando bajé al puente, vi a los alemanes en fila, encañonados por un par de mis hombres. Von Schoenvorts estaba entre ellos. En el suelo yacía Benson, gimiendo, y más allá se encontraba de pie la muchacha, con un revólver en la mano. Miré en derredor, atónito.

—¿Qué ha pasado aquí abajo? -pregunté-. ¡Díganmelo!

—Ya ve el resultado, señor -respondió Bradley-. Podría haber sido muy distinto si no fuera por la señorita La Rué. Todos estábamos dormidos. Benson había relevado la primera guardia de la noche, no había nadie para vigilarlo… nadie más que la señorita La Rué. Sintió que el barco se sumergía y salió de su camarote para investigar. Justo a tiempo para ver a Benson en los timones de inmersión. Cuando él la vio, alzó su pistola y le disparó, pero falló y ella le disparó… y no falló. Los dos disparos despertaron a todo el mundo, y como nuestros hombres estaban armados, el resultado fue inevitable como puede ver; pero habría sido muy diferente de no ser por la señorita La Rué. Fue ella quien cerró los tanques y nos alertó a Olson y a mí, para que pusiéramos en marcha las bombas para vaciarlos.

¡Y yo que había llegado a pensar que con sus maquinaciones me había atraído a cubierta y a la muerte! Me habría puesto de rodillas para pedirle perdón, o al menos lo habría hecho si no hubiera sido anglosajón. Sólo pude quitarme la gorra empapada e inclinar la cabeza y murmurar mi agradecimiento. Ella no respondió: solamente se dio la vuelta y regresó rápidamente a su camarote. ¿Pude oír bien? ¿Fue realmente un sollozo lo que llegó flotando por el estrecho pasillo del U-33?

Benson murió esa noche. Permaneció desafiante casi hasta el final, pero justo antes de morir, me mandó llamar, y me incliné junto a él para oír sus débiles susurros.

—Lo hice solo -dijo-. Lo hice porque los odio… odio a todos los de su clase. Me expulsaron de su muelle en Santa Mónica. Me expulsaron de California. Soy sindicalista. Me convertí en agente alemán… no porque me gustaran, pues también los odio, sino porque quería hacer daño a los americanos, a quienes odio aún más. Lancé el aparato transmisor por la borda. Destruí el cronómetro y el sextante. Ideé un plan para desviar la brújula a mi antojo. Le dije a Wilson que había visto a la muchacha hablar con von Schoenvorts, e hice creer al pobre diablo que la había visto haciendo lo mismo. Lo siento… siento que mis planes fracasaran. Los odio.

Sobrevivió media hora. No volvió a hablar en voz alta, pero unos pocos segundos antes de ir a reunirse con su Hacedor, sus labios se movieron en un débil susurro. Y cuando me acerqué para captar sus palabras, ¿qué creen que oí?

—Ahora… me… voy a… dormir.

Eso fue todo. Benson había muerto. Lanzamos su cuerpo por la borda.

El viento de esa noche provocó un tiempo muy desapacible con un montón de nubes negras que duraron varios días. No sabíamos qué rumbo habíamos seguido, y no había manera de averiguarlo, ya que no podíamos seguir fiándonos de la brújula, pues no sabíamos qué le había hecho Benson. En resumen, navegamos sin rumbo hasta que volvió a salir el sol. Nunca olvidaré ese día ni sus sorpresas. Dedujimos, o más bien intuimos, que estábamos en algún lugar en aguas de Perú. El viento, que había estado soplando con fuerza desde levante, viró de pronto a sur, y poco después sentimos frío.

—¡Perú! -rezongó Olson-. ¿Cuándo ha habido icebergs cerca de Perú?

¡Icebergs!

—¡De icebergs nada! -exclamó uno de los ingleses-. Venga ya, hombre, no los hay al norte del meridiano catorce en estas aguas.

—Entonces -replicó Olson-, estamos al sur del catorce.

Pensamos que estaba loco, pero no lo estaba, y esa tarde avistamos un gran iceberg al sur, y eso que nos habíamos estado dirigiendo al norte durante días, según creíamos. Puedo decirles que nos sentimos muy desanimados, pero sentimos un leve destello de esperanza cuando a primeras horas de la mañana siguiente el vigía gritó por la escotilla abierta:

—¡Tierra! ¡Tierra a oeste noroeste!

Creo que todos nos sentimos enfermos al avistar tierra. Sé que ese fue mi caso, pero mi interés se disipó rápidamente por la súbita enfermedad de tres de los alemanes. Casi de manera simultánea comenzaron a vomitar. No pudieron sugerir ninguna explicación. Les pregunté qué habían comido, y descubrí que no habían comido más que la comida que comíamos todos.

—¿Habéis bebido algo? -pregunté, pues sabía que a bordo había licor, y medicinas en el mismo armario.

—Sólo agua -gimió uno de ellos-. Todos bebimos agua juntos esta mañana. Abrimos un tanque nuevo. Tal vez fue el agua.

Di comienzo a una investigación que reveló algo terrible: alguien, probablemente Benson, había envenenado toda el agua potable del barco. Pero podría haber sido peor, si no hubiera habido tierra a la vista. La visión de tierra nos llenó de renovadas esperanzas.

Nuestro rumbo había sido alterado, y nos acercábamos rápidamente hacia lo que parecía ser un macizo rocoso donde unos acantilados se alzaban perpendicularmente del mar, hasta perderse en la bruma que nos rodeaba mientras nos acercábamos. La tierra que teníamos delante podría haber sido un continente, tan poderosa parecía la costa; sin embargo sabíamos que debíamos estar a miles de kilómetros de las tierras más cercanas, Nueva Zelanda o Australia.

Calculamos nuestra situación con nuestros burdos e inadecuados instrumentos; estudiamos los mapas, nos devanamos los sesos, y por fin fue Bradley quien sugirió una solución. Estaba en la timonera observando la brújula, sobre la cual llamó mi atención. La aguja apuntaba directamente hacia tierra. Bradley giró el timón a estribor. Noté que el U-33 respondía, y sin embargo la flecha seguía apuntando hacia los distantes arrecifes.

—¿Qué conclusión sacas? -le pregunté.

—¿Ha oído hablar alguna vez de Caproni?

—¿No fue un navegante italiano?

—Sí, siguió a Cook hacia 1721. Apenas lo mencionan los historiadores contemporáneos suyos: probablemente porque se metió en líos a su regreso a Italia. Se puso de moda despreciar sus descubrimientos, pero recuerdo haber leído una de sus obras, la única creo, donde describe un nuevo continente en los mares del sur, un continente compuesto de «un extraño metal» que atraía la brújula; una costa rocosa, inhospitalaria, sin playa ni bahías, que se extendía durante cientos de millas. No pudo desembarcar, ni vio signos de vida en los días en que circunnavegó la costa. Llamó al lugar Caprona y se marchó. Creo, señor, que lo que estamos contemplando es la costa de Caprona, inexplorada y olvidada durante doscientos años.

—Si tienes razón, eso podría explicar parte de la desviación de la brújula durante los dos últimos días -sugerí-. Caprona nos ha estado atrayendo a sus mortales rocas. Bien, aceptaremos su desafío. Desembarcaremos en Caprona. A lo largo de ese extenso frente debe de haber algún punto vulnerable. Lo encontraremos, Bradley, pues nos vemos obligados a ello. Tenemos que encontrar agua en Caprona, o moriremos.

**

Y así nos aproximamos a la costa en la que nunca se había posado ningún ojo vivo. Los altos acantilados se alzaban de las profundidades del océano, veteados de líquenes y mohos marrones y azules y verdes y el verdigrís del cobre, y por todas partes el ocre rojizo de las piritas de hierro. Las cimas de los acantilados, aunque entrecortadas, eran de una altura uniforme como para sugerir los límites de una gran altiplanicie, y de vez en cuando veíamos atisbos de verdor en lo alto del escarpado rocoso, como si arbustos o jungla hubieran sido empujados por una lujuriosa vegetación de tierra adentro para indicar a un mundo invisible que Caprona vivía y disfrutaba de la vida más allá de su austera y repelente costa.

Pero las metáforas, por poéticas que sean, nunca han saciado una garganta seca. Para disfrutar de las románticas sugerencias de Caprona teníamos que tener agua, y por eso nos acercamos, sondeando siempre, y bordeamos la costa. Por cerca que nos atrevíamos a navegar, encontramos profundidades insondables, y siempre la misma costa irregular de acantilados pelados. A medida que la oscuridad se fue volviendo más amenazante, nos retiramos y anclamos mar adentro esa noche. Todavía no habíamos empezado a sufrir realmente por la falta de agua, pero yo sabía bien que no pasaría mucho tiempo hasta que lo hiciéramos, y por eso con las primeras luces del alba me puse de nuevo en marcha y emprendí una vez más la desesperada exploración de la impresionante costa.

Hacia mediodía descubrimos una playa, la primera que veíamos. Era una estrecha franja de arena en la base de una parte del acantilado que parecía más bajo de los que habíamos oteado con anterioridad. En su pie, medio enterrados en la arena, había grandes peñascos, muda evidencia de que en eras remotas alguna poderosa fuerza natural había desmoronado la barrera de Caprona en este punto. Fue Bradley quien llamó primero nuestra atención hacia un extraño objeto que yacía entre los peñascos sobre las olas.

—Parece un hombre -dijo, y me pasó su catalejo.

Miré larga y cuidadosamente y podría haber jurado que la cosa que veía era la figura tendida de un hombre. La señorita La Rué estaba en cubierta con nosotros. Me di la vuelta y le pedí que bajara. Sin decir una palabra, ella hizo lo que le ordenaba. Entonces me desnudé, y al hacerlo Nobs me miró, intrigado. En casa estaba acostumbrado a nadar conmigo, y evidentemente no lo había olvidado.

—¿Qué va a hacer, señor? -preguntó Olson.

—Voy a ver qué es esa cosa de la orilla -repliqué-. Si es un hombre, eso significa que Caprona está habitado, o puede que sólo signifique que otros pobres diablos naufragaron aquí. Por las ropas, podría decir que se acerca más a la verdad.

—¿Y los tiburones? -preguntó Olson-. Sin duda debería llevar un cuchillo.

—Tome, señor -exclamó uno de los hombres.

Me ofreció una hoja larga y delgada, que podría llevar entre los dientes, y por eso la acepté alegremente.

—No se alejen -le dije a Bradley, y entonces me zambullí y nadé hacia la estrecha orilla. Hubo otra salpicadura de agua justo detrás de mí, y al volver la cabeza vi al fiel y viejo Nobs nadando valientemente tras mi estela.

El oleaje no era fuerte, y no había corrientes subacuáticas, así que llegamos a la orilla fácilmente, y arribamos sin más problemas. La playa estaba compuesta sobre todo de pequeñas piedras gastadas por la acción del agua. Había poca arena, aunque desde la cubierta del U-33 la playa había parecido ser toda de arena, y no vi ninguna evidencia de moluscos o crustáceos como son comunes en todas las playas que he conocido. Lo atribuyo a la pequeñez de la playa, a la enorme profundidad de las aguas que la rodean y la gran distancia a la que está Caprona de su vecino más cercano.

Mientras Nobs y yo nos acercábamos a la figura tendida en la playa mi nariz me indicó que aquella cosa había sido en su momento algo orgánico y vivo, pero que llevaba bastante tiempo muerta. Nobs se detuvo, olisqueó y gruñó. Poco más tarde se sentó sobre sus cuartos traseros, alzó el hocico al cielo y dejó escapar un aullido lastimero. Yo le tiré una piedrecita y le hice callar: su increíble ruido me ponía nervioso.

Cuando me acerqué lo suficiente a la cosa, no pude ver todavía si había sido hombre o bestia. El cadáver estaba hinchado y descompuesto en parte. No había rastro de ropas. Un pelo fino y marrón cubría el pecho y el abdomen, y la cara, las palmas de las manos, los pies, los hombros y la espalda eran prácticamente lampiños. La criatura debió tener la altura de un hombre grande:

sus rasgos eran bastantes similares a los de un hombre, ¿pero había sido un hombre?

No podía decirlo, pues se parecía más a un mono de lo que se parecía a un hombre. Los grandes dedos de los pies asomaban lateralmente, como los de los pueblos semiarbóreos de Borneo, las Filipinas y otras regiones remotas donde todavía persisten tipos inferiores. El contorno podría haber sido un cruce entre pitecantropus, el hombre de Java y una hija de la raza Piltdown del Sussex prehistórico. Junto al cadáver había un garrote de madera.

Esto me hizo pensar. No había madera de ningún tipo a la vista. No había nada en la playa que sugiriera que se trataba de un náufrago. No había nada en el cuerpo que sugiriera que podría haber conocido en vida alguna experiencia marítima. Era el cuerpo de un tipo bajo de hombre o de un tipo elevado de bestia. En ningún caso habría sido una raza marinera. Por tanto deduje que se trataba de un nativo de Caprona, que vivía tierra adentro, y que se había caído o había sido empujado desde lo alto de los acantilados. Si ese era el caso, Caprona era habitable por el hombre, aunque no estuviera habitada, ¿pero cómo llegar al interior habitable? Esa era la cuestión. Una inspección más cercana a los acantilados que desde la cubierta del U-33 sólo confirmó mi convicción de que ningún hombre mortal podría escalar aquellas alturas perpendiculares; no había ningún tipo de asidero en ellas.

Nobs y yo no encontramos ningún tiburón en nuestro viaje de regreso al submarino. Mi informe llenó a todo el mundo de teorías y especulaciones, y de renovada esperanza y determinación. Todos razonaron siguiendo los mismos parámetros que yo; las conclusiones eran obvias, pero seguía faltándonos agua. Estábamos más sedientos que nunca.

El resto del día lo pasamos realizando una concienzuda e infructuosa exploración de la monótona costa. No había otra abertura en los acantilados, ni otra minúscula playa de guijarros. Al anochecer, nuestros ánimos se vinieron abajo. Yo había intentado hablar de nuevo con la muchacha, pero ella no quiso hablar conmigo, y por eso no sólo me sentía sediento, sino también triste y abatido. Me alegré cuando el nuevo día rompió el horrible hechizo de una noche de insomnio.

La búsqueda de la mañana no nos trajo ningún fragmento de esperanza. Caprona era inexpugnable, esa fue la decisión de todos. Sin embargo, continuamos. Debían faltar unas dos campanadas para la guardia de la tarde cuando Bradley llamó mi atención hacia la rama de un árbol que, con hojas y todo, flotaba en el mar.

—Puede haber sido arrastrada hasta el océano por algún río -sugirió él.

—Sí -respondí-, es posible. Puede haber caído también desde lo alto de uno de esos acantilados.

El rostro de Bradley se ensombreció.

—También lo he pensado -replicó-, pero quería creer lo contrario.

—¡Tienes razón! -exclamé-. Debemos creerlo hasta que se demuestre que estamos equivocados. No podemos permitirnos renunciar ahora a la esperanza, cuando más la necesitamos. La rama ha sido arrastrada por la corriente de un río, y vamos a encontrarlo.

Cerré el puño, para recalcar una decisión que no estaba respaldada por la esperanza.

—¡Allí! -grité de pronto-. ¿Ves eso, Bradley?

Y señalé un punto cercano a la orilla.

—¡Mira eso, amigo!

Algunas flores y hierbas y otra rama llena de hojas flotaban hacia nosotros. Ambos escrutamos el agua y la línea de la costa. Bradley evidentemente descubrió algo, o al menos pensó que lo había hecho. Pidió un cubo y una cuerda, y cuando se los entregaron, bajó el cubo al mar y lo llenó de agua. La probó, y tras enderezarse, me miró a los ojos con expresión de júbilo, como diciendo «¡Te lo dije!».

—¡Este agua está caliente -dijo- y es potable!

Agarré el cubo y probé su contenido. El agua estaba muy caliente, y era potable, aunque tenía un sabor desagradable.

—¿Ha probado alguna vez un charco lleno de renacuajos? -preguntó Bradley.

—Eso es -exclamé-, ese es justo el sabor, aunque no lo experimentaba desde la infancia. ¿Pero cómo puede saber así el agua de un río, y qué demonios hace que esté tan caliente? Debe estar al menos a 70 u 80 grados Fahrenheit, si no más.

—Sí -coincidió Bradley-. Yo diría que más, ¿pero de dónde viene?

—Eso es fácil de saber ahora que lo hemos encontrado -respondí-. No puede venir del océano, así que debe venir de tierra. Todo lo que tenemos que hacer es seguir la corriente, y tarde o temprano encontraremos su fuente.

Ya estábamos bastante cerca, pero ordené volver la proa del U-33 hacia tierra y avanzamos lentamente, sondeando constantemente el agua y probándola para asegurarnos de que no nos salíamos de la corriente de agua potable. Había un ligerísimo viento y apenas rompientes, de modo que continuamos acercándonos a la costa sin tocar fondo. Sin embargo, cuando ya estábamos muy cerca, no vimos ninguna indicación de que hubiera ninguna irregularidad en la costa por la que pudiera manar ni siquiera un diminuto riachuelo, ni desde luego la desembocadura de un río grande como debía ser necesariamente para marcarse en el océano a doscientos metros de la orilla. La marea estaba cambiando, y esto, junto con el fuerte reflujo de la corriente de agua dulce, nos habría arrojado contra los acantilados si no hubiéramos tenido los motores en marcha; de todas formas, tuvimos que luchar para mantener nuestra posición. Llegamos a unos nueve metros de la impresionante pared que se alzaba sobre nosotros. No había ninguna abertura en su imponente superficie.

Mientras observábamos las aguas y escrutábamos la cara del acantilado, Olson sugirió que el agua dulce podía proceder de un geiser submarino. Esto, dijo, explicaría el calor, pero mientras hablaba, un matorral cubierto de hojas y flores, salió a la superficie y quedó flotando a la deriva.

—Los matorrales no viven en cavernas subterráneas donde hay geiser s -le sugerí a Bradley.

Olson sacudió la cabeza.

—No entiendo nada -dijo.

—¡Ya lo tengo! -exclamé de repente-. ¡Mirad aquí!

Y señalé a la base del acantilado que teníamos delante, que la marea al bajar nos mostraba gradualmente. Todos miraron, y vieron lo que yo había visto: la parte superior de una oscura abertura en la roca, por la que el agua manaba hasta el mar.

—Es el canal subterráneo de un río de la isla -exclamé-. Fluye a través de una tierra cubierta de vegetación… y por tanto de una tierra donde brilla el sol. Ninguna caverna subterránea produce ningún tipo de planta que se parezca remotamente a lo que hemos visto arrastrado por este río. Más allá de estos acantilados hay tierras fértiles y agua potable… ¡y quizás, caza!

—¡Sí, señor, tras los acantilados! -dijo Olson-. ¡Tiene usted razón, señor, tras los acantilados!

Bradley soltó una carcajada, pero de tristeza.

—Igual podría usted llamar nuestra atención, señor, sobre el hecho de que la ciencia ha indicado que hay agua dulce y vegetación en Marte.

—En absoluto -repliqué-. Un submarino no está construido para navegar por el espacio, pero está diseñado para viajar bajo la superficie del agua.

—¿Estaría dispuesto a meterse en ese negro agujero? -preguntó Olson.

—Lo estoy, Olson -repliqué-. No tendremos ninguna posibilidad de sobrevivir si no encontramos comida y agua en Caprona. Esta agua que sale del acantilado no es salada, pero tampoco es adecuada para beber, aunque cada uno de nosotros lo haya hecho. Es justo asumir que tierra adentro el río se nutrirá de arroyos puros, y que hay frutos y hierbas y caza. ¿Nos vamos a quedar aquí tumbados muriendo de sed y hambre con una tierra rica en posibilidades tan sólo a unos pocos cientos de metros de distancia? Tenemos los medios para navegar por un río subterráneo. ¿Somos demasiado cobardes para utilizar este medio?

—Por mí, de acuerdo -dijo Olson.

—Estoy dispuesto a intentarlo -coincidió Bradley.

—¡Entonces sumerjámonos, y que la suerte nos acompañe y al diablo con todo! -exclamó un joven que estaba en cubierta.

—¡A sus puestos! -ordené, y en menos de un minuto la cubierta quedó vacía, la torreta se cerró y el U-33 se sumergió… posiblemente por última vez. Sé que experimenté esta sensación, y que la mayoría de los otros también.

Mientras nos sumergíamos, me senté en el puente apuntando con las luces de proa hacia adelante. Nos sumergimos muy despacio y sin más impulso que el suficiente para mantener el morro en la dirección adecuada, y a medida que bajábamos, vi esbozada ante nosotros la negra abertura en el gran acantilado. Era una abertura que habría admitido a media docena de submarinos a la vez, de contorno vagamente cilíndrico, y oscuro como el pozo de la muerte.

Mientras daba la orden que hacía avanzar lentamente al submarino, no pude dejar de sentir un presentimiento maligno. ¿Adónde íbamos? ¿Qué nos esperaba al fondo de esta gran alcantarilla? ¿Le habíamos dicho adiós a la luz del sol y la vida, o había ante nosotros peligros aún más grandes que aquellos a los que nos enfrentábamos ahora? Traté de impedir que mi mente divagara nombrando todo lo que veía a los hombres. Yo actuaba como si fuera los ojos de toda la compañía, e hice todo lo posible para no fallarles.

Habíamos avanzado un centenar de metros, tal vez, cuando nos enfrentamos a nuestro primer peligro.

Justo delante había un brusco giro en ángulo recto en el túnel. Pude ver el material que arrastraba la corriente del río chocando contra la pared de roca a la izquierda, y temí por la seguridad del U-33 al tener que hacer un giro tan cerrado en condiciones tan adversas; pero no había más remedio que intentarlo. No advertí a mis camaradas del peligro: eso sólo podría haber producido aprensión inútil en ellos, pues si nuestro destino era aplastarnos contra la pared de roca, ningún poder en la tierra podría impedir el rápido final que nos sobrevendría. Di la orden de avanzar a toda velocidad y cargamos contra la amenaza. Me vi obligado a aproximarnos a la peligrosa pared de la izquierda para hacer el giro, y dependí de la potencia de los motores para que nos llevara de modo seguro a través de las borboteantes aguas. Bueno, lo conseguimos, pero fue difícil. Cuando girábamos, la fuerza plena de la corriente nos pilló y lanzó la proa contra las piedras; hubo un golpe que hizo temblar todo el navío, y luego un instante de desagradable rechinar cuando la quilla de acero rozó la pared de roca. Esperé el flujo de agua que sellaría nuestro destino, pero de abajo llegó la noticia de que todo iba bien.

¡Cincuenta metros más adelante hubo otro giro, esta vez hacia la izquierda! Pero la curva era más suave, y la tomamos sin problemas. Después fue navegar recto, aunque por lo que sabía, podría haber más curvas por delante, y mis nervios se tensaron hasta el borde de la ruptura. Después del segundo giro el canal se extendía más o menos recto durante unos ciento cincuenta o doscientos metros. Las aguas de pronto se hicieron más claras, y mi espíritu se animó. Le grité a los de abajo que veía luz por delante, y un gran grito de agradecimiento reverberó por todo el navío. Un momento después emergimos hasta aguas iluminadas, e inmediatamente alcé el periscopio y contemplé a mi alrededor el paisaje más extraño que había visto jamás.

Nos encontrábamos en mitad de un ancho y ahora lento río cuyas orillas estaban flanqueadas por gigantescas coníferas que alzaban sus poderosas frondas quince, veinte, treinta metros al aire. Cerca de nosotros algo subió a la superficie del río y atacó el periscopio. Tuve una visión de amplias mandíbulas abiertas, y entonces todo se apagó. Un escalofrío corrió por la timonera cuando aquella cosa se cernió sobre el periscopio. Un momento después desapareció, y pude volver a ver. Por encima de los árboles apenas atisbé una cosa enorme, con alas como de murciélago, una criatura grande como una ballena, pero más parecida a un lagarto. Entonces atacó una vez más el periscopio y rompió el espejo. He de confesar que casi estaba jadeando en busca de aliento cuando di la orden de emerger. ¿A qué extraña clase de tierra nos había traído el destino?

En el instante en que la cubierta quedó libre, abrí la escotilla de la torreta y salí. Un minuto más tarde la escotilla de la cubierta se abrió, y los hombres que no estaban de servicio subieron por la escalerilla. Olson traía bajo el brazo a Nobs. Durante varios minutos nadie habló; creo que todos estaban tan asombrados como yo. A nuestro alrededor había una flora y una fauna tan extraña y maravillosa para nosotros como podría haberlo sido la de un planeta lejano al que hubiéramos sido milagrosamente transportados de pronto a través del éter. Incluso la hierba de la orilla más cercana era como de otro mundo: crecía alta y exuberante, y cada hoja tenía en su punta una brillante flor, violeta o amarilla o carmín o azul, componiendo el césped más maravilloso que la mente humana pudiera concebir. ¡Pero la vida! Rebosaba. Las altas coníferas estaban repletas de monos, serpientes y lagartos. Enormes insectos zumbaban y revoloteaban de acá para allá. En el bosque podían verse moviéndose formas poderosas, mientras el lecho del río rebullía de seres vivos, y en el aire aleteaban criaturas gigantescas que según nos han enseñado llevan extintas incontables siglos.

—¡Mirad! -exclamó Olson-. ¿Veis esa jirafa que sale del fondo del río?

Miramos en la dirección que señalaba y vimos un largo y brillante cuello rematado por una cabeza pequeña que se alzaba sobre la superficie del agua. La espalda de la criatura quedó expuesta, marrón y brillante como el agua que goteaba de ella. Volvió sus ojos hacia nosotros, abrió su boca de lagarto, emitió un agudo siseo y nos atacó. Debía medir cinco o seis metros de longitud y se parecía lejanamente a los dibujos que yo había visto de los plesiosarios restaurados del jurásico inferior. Nos atacó con el salvajismo de un toro rabioso, como si intentara destruir y devorar al poderoso submarino, cosa que creo que en efecto pretendía.

Nos movíamos lentamente río arriba cuando la criatura nos atacó con las fauces abiertas. El largo cuello extendido, las cuatro aletas con las que nadaba batiendo poderosamente el agua, avanzando a ritmo rápido. Cuando llegó al costado del barco, las mandíbulas se cerraron sobre uno de los puntales de las de cubierta y lo arrancaron de su sitio como si no fuera más que un palillo de dientes.

Ante esta exhibición de fuerza titánica, creo que todos retrocedimos simultáneamente, y Bradley desenfundó su revólver y disparó. La bala alcanzó a la criatura en el cuello, justo por encima de su cuerpo: pero en vez de disuadirla, simplemente aumentó su furia. Su siseo se convirtió en un alarido cuando alzó la mitad de su cuerpo por encima del agua y se abalanzó sobre la cubierta del U-33 y se dispuso a destrozar la cubierta para devorarnos. Una docena de disparos resonaron cuando aquellos de nosotros que íbamos armados sacamos nuestras pistolas y disparamos contra la criatura. Pero, aunque la alcanzamos varias veces, no mostró signos de sucumbir y sólo continuó avanzando por el submarino.

Advertí que la muchacha había subido a cubierta y no se encontraba muy lejos de mí, y cuando vi el peligro al que todos estábamos expuestos, me di la vuelta y la empujé hacia la escotilla. No habíamos hablado desde hacía varios días, y no hablamos ahora, pero ella me dirigió una mirada de desdén, tan elocuente como las palabras, así que le di la espalda para poder protegerla del extraño reptil si éste conseguía alcanzar la cubierta. Y al hacerlo vi que la criatura alzaba una aleta sobre la barandilla, lanzaba la cabeza hacia adelante y con la rapidez del rayo agarraba a uno de los boches. Corrí hacia adelante, descargando mi pistola contra el cuerpo del monstruo en un esfuerzo por hacerle soltar su presa. Pero lo mismo habría dado si hubiera estado disparándole al sol.

Gritando y chillando, el alemán fue arrastrado de la cubierta, y en el momento en que el reptil se separó del barco, se hundió bajo la superficie del agua con su aterrorizada presa. Creo que todos nos quedamos anonadados por lo terrible de la tragedia… hasta que Olson observó que el equilibrio de poder se había restablecido. Tras la muerte de Benson éramos nueve y nueve, nueve alemanes y nueve «aliados», como nos llamábamos a nosotros mismos, y ahora no había más que ocho alemanes. Nunca contábamos a la muchacha en ninguno de los dos bandos, supongo que porque era una mujer, aunque ahora sabíamos bien que era de los nuestros.

Y así la observación de Olson sirvió para despejar la atmósfera para los aliados por fin, y nuestra atención se dirigió una vez más al río, pues a nuestro alrededor había brotado un perfecto manicomio de chirridos y siseos y un rebullente caldero de horribles reptiles, carentes de temor y llenos sólo de hambre y rabia. Se rebulleron, reptaron, intentando llegar a la cubierta, obligándonos a retroceder, hasta que vaciamos nuestras pistolas sobre ellos. Los había de todo tipo y condición, enormes, horribles, grotescos, monstruosos, una verdadera pesadilla mesozoica.

Vi que llevaron a la muchacha bajo cubierta lo más rápidamente posible, y que se llevó a Nobs consigo, pues el pobre animal casi había conseguido que le arrancaran la cabeza. Creo que también, por primera vez desde que fuera un cachorrillo, había conocido el miedo, y no puedo reprochárselo.

Después de la muchacha envié a Bradley y a la mayoría de los aliados y luego a los alemanes que estaban en cubierta. Von Schoenvorts estaba todavía encadenado abajo.

Las criaturas se acercaban peligrosamente cuando me metí por la escotilla y cerré con fuerza la tapa. Luego corrí al puente y ordené avante toda, esperando distanciarme de las terribles criaturas, pero fue inútil. No sólo podía cualquiera de ellos vencer rápidamente al U-33, sino que corriente arriba nos encontramos todavía con más, hasta que temeroso de navegar por un río extraño a toda velocidad, ordené reducir y avanzar lenta y majestuosamente a través de aquella masa pulsante y siseante. Me alegré de que nuestra entrada al interior de Caprona hubiera sido en submarino en vez de en cualquier otra forma de navío. Comprendí cómo era posible que en el pasado Caprona hubiera sido invadido por navegantes desdichados que no pudieron volver al mundo exterior, pues puedo asegurar que sólo con un submarino se podría remontar con vida aquel gran río viscoso.

Continuamos río arriba durante unos sesenta kilómetros hasta que la oscuridad nos invadió. Temí que si nos sumergíamos y anclábamos en el fondo para pasar la noche el lodo pudiera ser lo bastante profundo para atraparnos, y como no podíamos echar el ancla en ningún lado, me acerqué a la costa, y tras un breve ataque por parte de los reptiles, nos sujetamos a un gran árbol. También sacamos un poco de agua del río y descubrimos que, aunque bastante caliente, era un poco más dulce que antes. Teníamos comida de sobra, y con el agua nos sentimos aliviados, pero añorábamos poder comer carne fresca. Habían pasado semanas desde la última vez que la probamos, y la visión de los reptiles me dio una idea: que un filete o dos de alguno de ellos no sería mala comida. Así que subí a cubierta con un rifle, de los veinte que teníamos en el submarino.

Al verme, una enorme criatura me atacó y se subió a la cubierta. Me retiré hasta lo alto de la timonera, y cuando el monstruo alzó su poderoso cuerpo al nivel de la pequeña cubierta donde me encontraba, le metí un balazo justo entre los ojos.

La criatura se detuvo un momento y me miró, como diciendo:

«¡Vaya, esta cosa tiene aguijón! ¡Debo tener cuidado!».

Y entonces estiró el largo cuello y abrió sus poderosas mandíbulas e intentó capturarme, pero yo no estaba ya allí. Había vuelto a meterme de la torre, y a punto estuve de matarme al hacerlo. Cuando miré hacia arriba, aquella pequeña cabeza que remataba el largo cuello se cernía hacia mí, y una vez más corrí a sitio seguro, arrastrándome por el suelo hasta el puente.

Olson estaba alerta, y al ver lo que asomaba en la torre, corrió a por un hacha. No vaciló un instante cuando regresó con una, y subió a la escalerilla y empezó a golpear aquel horrible rostro. La criatura no tenía suficiente cerebro para albergar más de una idea a la vez. Aunque golpeada y llena de cortes, y con un agujero de bala entre los ojos, todavía insistía locamente en su intento de meterse en la torreta y devorar a Olson, aunque su cuerpo era muchas veces superior al diámetro de la escotilla. No cesó en sus esfuerzos hasta que Olson terminó de decapitarla.

Entonces dos de los hombres subieron a cubierta a través de la escotilla principal, y mientras uno vigilaba, el otro cortó un cuarto trasero del Plesiosarius Olsoni, como Bradley bautizó a la criatura.

Mientras tanto, Olson cortó el largo cuello, diciendo que serviría para hacer una buena sopa. Para cuando despejamos la sangre y despejamos la torre, el cocinero tenía jugosos filetes y un humeante guiso preparado en el hornillo eléctrico, y el aroma que surgía del Plesiosarius Olsoni nos llenó de gran admiración hacia él y todos los de su clase.

Capítulo V

Comimos los filetes esa noche, y estaban buenos, y a la mañana siguiente saboreamos el guiso. Parecía extraño comer una criatura que debería, según todas las leyes de la paleontología, haberse extinguido hacía varios millones de años. Producía una sensación novedosa que resultaba casi embarazosa, aunque no pareció cohibir nuestros apetitos. Olson comió hasta que me pareció que iba a estallar.

La muchacha comió con nosotros esa noche en el pequeño comedor de oficiales situado tras el compartimento de los torpedos. Desplegamos la estrecha mesa, y colocamos los cuatro taburetes, y por primera vez en días nos sentamos a comer, y por primera vez en semanas tuvimos algo de comer diferente a la monotonía de las exiguas raciones de un pobre submarino. Nobs se sentó entre la muchacha y yo y comió trozos del filete de plesiosaurio, con el riesgo de contaminar para siempre sus modales. Me miró tímidamente todo el tiempo, pues sabía que ningún perro bien criado debería comer a la mesa, pero el pobrecillo estaba tan flaco por haber sido mal alimentado que yo no habría podido disfrutar de mi propia comida si a él se le hubiera negado una parte, y de todas formas Lys quería darle de comer. Así que eso zanjó el asunto.

Lys se mostró fríamente amable conmigo y dulcemente graciosa con Bradley y Olson. Yo sabía que no era de las efusivas, así que no esperé gran cosa de ella y agradecí las migajas de atención que me lanzó al suelo. Tuvimos una comida agradable, con sólo una desafortunada ocurrencia, cuando Olson sugirió que la criatura que estábamos comiendo era posiblemente la misma que se había comido al alemán. Tardamos un rato en persuadir a la muchacha para que continuara comiendo pero por fin Bradley lo consiguió, recalcando que habíamos avanzado casi sesenta kilómetros corriente arriba desde que el boche fuera arrebatado, y que durante ese tiempo habíamos visto literalmente a miles de esos habitantes del río, lo que indicaba que era muy improbable que se tratara del mismo plesiosaurio.

—Y de todas formas -concluyó-, sólo ha sido un plan del señor Olson para quedarse con todos los filetes.

Discutimos sobre el futuro y aventuramos opiniones sobre lo que nos aguardaba, pero sólo podíamos teorizar, pues ninguno de nosotros lo sabía. Si toda la tierra estaba infectada por estos y otros horribles monstruos, vivir aquí sería imposible, y decidimos que sólo exploraríamos lo suficiente para encontrar agua fresca y comida y fruta y luego rehacer nuestros pasos bajo los acantilados para regresar al mar abierto.

Y así nos volvimos a nuestros estrechos camastros, llenos de esperanza, felices y en paz con nosotros mismos, nuestras vidas y nuestro Dios, para despertarnos a la mañana siguiente descansados y todavía optimistas. No tuvimos problemas para continuar con nuestro camino… como descubrimos más tarde, porque los saurios no comenzaban a comer hasta bien entrada la mañana. De mediodía a medianoche su curva de actividad está en su cúspide, mientras que del amanecer hasta las nueve está en lo más bajo. De hecho, no vimos a ninguno todo el tiempo que estuvimos sumergidos, aunque hice que prepararan el cañón en cubierta y estuviéramos preparados contra cualquier ataque. Esperaba, aunque no estaba seguro del todo, que las balas pudieran desanimarlos. Los árboles estaban llenos de monos y de todo tipo y tamaño, y una vez nos pareció ver a una criatura parecida a un hombre observándonos desde la profundidad del bosque.

Poco después de continuar nuestro rumbo río arriba, vimos la desembocadura de otro río más pequeño que llegaba desde el sur, es decir, desde nuestra derecha. Y casi inmediatamente nos encontramos con una pequeña isla de unos ocho o nueve kilómetros de longitud; y a unos ochenta kilómetros había un río aún más grande que el anterior que llegaba desde el noroeste, pues el curso de la corriente principal había cambiado ahora a noreste suroeste. El agua estaba bastante libre de reptiles, y la vegetación en las orillas se había convertido en un bosque más despejado, como un parque, con eucaliptos y acacias mezclados con abetos dispersos, como si dos periodos distintos de eras geológicas se hubieran solapado y mezclado. La hierba, también, era menos florida, aunque había aún zonas preciosas moteando el césped; también la fauna era menos multitudinaria.

Diez o doce kilómetros más adelante, el río se ensanchó considerablemente; ante nosotros se abrió una expansión de agua que se extendía hasta el horizonte, y nos encontramos navegando por un mar interior tan grande que sólo una línea de costa era visible. Las aguas a nuestro alrededor rebosaban de vida. Seguía habiendo pocos reptiles, pero había peces a millares, a millones.

El agua del mar interior era muy cálida, casi caliente, y la atmósfera era calurosa y cargada. Parecía extraño que más allá de las murallas de Caprona flotaran icebergs y el viento del sur mordiera con fuerza, pues sólo una gentil brisa se movía sobre la superficie de estas aguas, y que hubiera humedad y calor. Gradualmente, comenzamos a despojarnos de nuestras ropas, conservando sólo la suficiente por decoro; pero el sol no era caliente. Era más parecido al calor de una sala de máquinas que al de un horno.

Bordeamos la costa del lago en dirección noroeste, sondeando todo el tiempo. El lago era profundo y el fondo era rocoso y en empinada pendiente hacia el centro, y una vez, cuando nos apartamos de la costa para seguir sondeando no pudimos encontrar fondo. En espacios abiertos a lo largo de la costa atisbamos de vez en cuando los lejanos acantilados, que aquí parecían sólo un poco menos impresionantes que los que asomaban al mar. Mi teoría es que en una era lejana Caprona fue una enorme montaña, quizás la acción volcánica más grande del mundo voló toda la cima, lanzó cientos de metros de montaña hacia arriba y la desgajó del continente, dejando un gran cráter; y luego, posiblemente, el continente se hundió como se sabe que sucedió con los antiguos continentes, dejando sólo la cima de Caprona sobre el mar. Las murallas circundantes, el lago central, los manantiales calientes que suministraban agua al lago, todo apuntaba hacia esa conclusión, y la fauna y la flora mostraban pruebas indiscutibles de que Caprona fue una vez parte de una gran masa de tierra.

Mientras bordeábamos la costa, el paisaje continuó siendo más o menos un bosque abierto, salpicado aquí y allá por una pequeña llanura donde vimos animales pastando. Con el catalejo pude distinguir una especie de gran ciervo rojo, algunos antílopes y lo que parecía ser una especie de caballo; y una vez vi una forma abultada que podría haber sido un monstruoso bisonte. ¡Aquí había caza en abundancia! Parecía haber poco peligro de morir de hambre en Caprona. La caza, sin embargo, parecía alerta, pues en el instante en que los animales nos descubrieron, alzaron la cabeza y las colas y salieron huyendo, y los que estaban más lejos siguieron el ejemplo de los otros hasta que todos se perdieron en los laberintos del distante bosque. Sólo el gran buey peludo permaneció en su terreno. Con la cabeza gacha nos observó hasta que pasamos de largo, y entonces continuó pastando.

A unos treinta y cinco kilómetros costa arriba de la desembocadura del río encontramos bajos acantilados de piedra caliza, evidencia rota y torturada del gran cataclismo que había anclado a Caprona en el pasado, entremezclando las formaciones rocosas de épocas ampliamente separadas, fundiendo algunas y dejando otras intactas.

Continuamos avanzando junto a ellas durante unos quince kilómetros, y llegamos a una amplia hendidura que conducía a lo que parecía ser otro lago. Como íbamos en busca de agua pura, no deseábamos pasar por alto ninguna porción de la costa, así que después de sondear y hallar que teníamos profundidad de sobra, introduje el U-33 entre las masas de tierra hasta llegar a una bahía hermosa, con buena agua a pocos metros de la orilla. Mientras navegábamos lentamente, dos de los boches volvieron a ver lo que creyeron un hombre, o una criatura parecida a un hombre, observándonos desde un bosquecillo situado a un centenar de metros tierra adentro, y poco después descubrimos la desembocadura de un pequeño arroyo que se vaciaba en la bahía. Era el primer arroyo que encontrábamos desde que dejamos el río, y de inmediato inicié los preparativos para probar su agua. Para desembarcar, sería necesario acercar al U-33 a la orilla, tanto como fuera posible, pues incluso estas aguas estaban infestadas, aunque no demasiado, por salvajes reptiles.

Ordené que en los tanques entrara la suficiente agua para sumergirnos un palmo, y luego dirigí lentamente la proa hacia la orilla, confiando en que si encallábamos tendríamos todavía potencia suficiente en los motores para liberarnos cuando el agua se vaciara de los tanques; pero la proa se abrió paso suavemente entre los cañaverales y tocó la orilla con la quilla despejada.

Mis hombres iban ahora armados con rifles y pistolas, cada uno con munición abundante. Ordené que uno de los alemanes desembarcara con una cuerda, y a dos de mis propios hombres para vigilarlo, pues por lo poco que habíamos visto de Caprona, o Caspak como aprendimos más tarde a llamar al interior, advertimos que en cualquier instante algún nuevo y terrible peligro podría acecharnos. Amarraron la cuerda a un arbolito, y al mismo tiempo eché el ancla.

En cuanto el boche y sus guardias volvieron a bordo, llamé a todo el mundo a cubierta, incluyendo a von Schoenvorts, y allí les expliqué que había llegado el momento de que llegáramos a algún tipo de acuerdo que nos aliviara de la molestia y la incomodidad de vernos divididos en dos grupos antagónicos: prisioneros y captores. Les dije que era obvio que nuestra misma existencia dependía de nuestra unidad de acción, que para todo propósito íbamos a entrar en un nuevo mundo tan lejano de las ideas y las causas de nuestro mundo como si millones de kilómetros de espacio y eones de tiempo nos separaran de nuestras vidas y costumbres pasadas.

—No hay ningún motivo para que traigamos nuestros odios raciales y políticos a Caprona -insistí-. Los alemanes entre nosotros podrían matar a todos los ingleses, o los ingleses podrían matar hasta el último alemán, sin que afectara en lo más mínimo el resultado de la escaramuza más pequeña que pudiera tener lugar en el frente occidental o en la opinión de un solo individuo en cualquier país beligerante o neutral. Por tanto, les planteo el tema a las claras: ¿Enterramos nuestras animosidades y trabajamos juntos mientras permanezcamos en Caprona, o continuamos divididos y la mitad de nosotros armados, posiblemente hasta que la muerte reclame al último de nosotros? Y déjenme decirles, si no se han dado cuenta todavía, que las probabilidades de que alguno de nosotros vuelva a ver el mundo exterior otra vez son de mil a uno. Ahora estamos a salvo en cuestión de comida y agua; podríamos aprovisionar el U-33 para un largo crucero: pero prácticamente nos hemos quedado sin combustible, y sin combustible no podemos esperar llegar al océano, y sólo un submarino puede pasar a través de la barrera de acantilados. ¿Cuál es su respuesta?

Me volví hacia von Schoenvorts.

Él me miró de esa manera desagradable suya y exigió saber, por si aceptaban mi sugerencia, cuál sería su estatus si llegábamos a encontrar un modo de escapar con el U-33. Repliqué que consideraba que si todos habíamos trabajado lealmente juntos deberíamos dejar Caprona en pie de igualdad, y para ese fin sugerí que si la remota posibilidad de nuestro escape en submarino se convertía en realidad, deberíamos dirigirnos inmediatamente hacia el puerto neutral más cercano y ponernos en manos de las autoridades, y que probablemente seríamos internados durante la duración de la guerra. Para mi sorpresa, él accedió considerando que era lo justo y me dijo que aceptarían mis condiciones y que podía contar con su lealtad a la causa común.

Le di las gracias y luego me dirigí individualmente a cada uno de sus hombres, y cada uno de ellos me dio su palabra de que cumpliría todo lo que yo había esbozado. Quedó entendido que íbamos a actuar como una organización militar bajo reglas y disciplina militares… yo como comandante, con Bradley como mi primer teniente y Olson como mi segundo, al mando de los ingleses; mientras que von Schoenvorts actuaría como segundo teniente adicional y se haría cargo de sus propios hombres. Los cuatro constituiríamos un tribunal militar bajo el cual los hombres serían juzgados y castigados por las infracciones de las reglas militares y la disciplina, incluso hasta la pena de muerte.

Entonces hice que entregaran armas y municiones a los alemanes, y tras dejar a Bradley y a cinco hombres para proteger el U-33, bajamos a tierra. Lo primero que hicimos fue probar el agua del pequeño arroyo… y para nuestra delicia descubrimos que era dulce, pura y fría. Este arroyo estaba completamente libre de reptiles peligrosos porque, como descubrí más tarde, quedaban inmediatamente aletargados cuando se sometían a temperaturas inferiores a los 70 grados Fahrenheit. Rechazaban el agua fría y se mantenían lo más apartados de ella posible. Había incontables arroyuelos aquí, y agujeros profundos que nos invitaban a bañarnos, y a lo largo de la orilla había árboles parecidos a fresnos y hayas y robles, sus características evidentemente inducidas por la temperatura inferior del aire sobre el agua fría y por el hecho de que sus raíces fueran regadas por el agua del arroyo en vez de por los cálidos manantiales que después encontramos con tanta abundancia en todas partes.

Nuestra primera preocupación fue llenar los tanques del U-33 con agua fresca, y tras hacerlo, nos dispusimos a cazar y explorar el terreno. Olson, von Schoenvorts, dos ingleses y dos alemanes me acompañaron, dejando a diez hombres para proteger el barco y a la muchacha. Yo pretendía dejar también a Nobs, pero se escapó y se nos unió y me alegré tanto que no tuve valor para hacerlo regresar.

Seguimos el arroyo corriente arriba a través de un paisaje maravilloso durante unos siete kilómetros, y encontramos su fuente en un claro salpicado de peñascos. De entre las rocas borboteaban veinte manantiales de agua helada. Al norte del claro se alzaban acantilados de piedra caliza hasta unos quince o veinte metros, con altos árboles creciendo en su base y casi ocultándolos de nuestra visión. Al oeste el paisaje era plano y apenas poblado, y fue aquí donde vimos nuestra primera presa: un gran ciervo rojo. Pastaba de espaldas a nosotros y no nos había visto cuando uno de mis hombres me lo señaló. Tras indicar que guardáramos silencio y que el resto de la partida se ocultara, me arrastré hacia la presa, acompañado solamente por Whitely.

Nos acercamos a un centenar de metros del ciervo cuando de pronto el animal alzó la cabeza y erizó sus grandes orejas. Ambos disparamos al mismo tiempo y tuvimos la satisfacción de verlo caer; entonces corrimos para rematarlo con nuestros cuchillos. El ciervo yacía en un pequeño espacio abierto cerca de un manojo de acacias, y nos encontrábamos ya a varios metros de nuestra presa cuando ambos nos detuvimos súbita y simultáneamente.

Whitely me miró, y yo miré a Whitely, y entonces ambos miramos en dirección al ciervo.

—¡Cielos! -dijo él-. ¿Qué es eso, señor?

—Me parece, Whitely, un error -contesté-. Un ayudante de dios que ha estado creando elefantes que debe haber sido transferido temporalmente al departamento de lagartos.

—No diga eso, señor -dijo Whitely-, parece una blasfemia.

—Más blasfema es esa cosa que está robando nuestra carne -repliqué, pues fuera lo que fuese la criatura, había saltado sobre nuestro ciervo y lo devoraba con grandes bocados que tragaba sin masticar.

La criatura parecía ser un gran lagarto de al menos tres metros de alto, con una enorme y poderosa cola tan larga como su torso, poderosos cuartos traseros y patas delanteras cortas. Cuando salió del bosque, saltó como si fuera un canguro, usando sus patas traseras y cola para impulsarse, y cuando permanecía erecto, se apoyaba en la cola. Su cabeza era larga y gruesa, con un hocico chato, y la abertura de la mandíbula se extendía hasta un punto detrás de los ojos, y las fauces estaban armadas con largos dientes afilados. El cuerpo escamoso estaba cubierto de manchas negras y amarillas de un palmo de diámetro, irregulares en su contorno. Estaban enmarcadas en un círculo rojo de una pulgada de ancho. La parte inferior del pecho, el cuerpo y la cola eran de un blanco verdoso.

—¿Y si nos cargamos al bicho, señor? -sugirió Whitely.

Le dije que esperase a que diera la orden. Entonces dispararíamos simultáneamente, él al corazón y yo a la columna.

—Al corazón, señor… sí, señor -replicó él, y se llevó el arma al hombro.

Nuestros disparos resonaron a la par. La criatura alzó la cabeza y miró en derredor hasta que sus ojos se posaron en nosotros; entonces dio rienda a un siseo espeluznante que se alzó hasta el crescendo de un alarido terrible y nos atacó.

—¡Atrás, Whitely! -grité mientras me daba la vuelta para echar a correr.

Estábamos a medio kilómetro del resto de nuestra partida, y a plena vista de ellos, que nos esperaban tendidos entre la hierba. Que vieron todo lo que había sucedido quedó demostrado por el hecho de que se levantaron y corrieron hacia nosotros, y a su cabeza saltaba Nobs.

La criatura que nos perseguía nos ganaba rápidamente terreno. Nobs pasó junto a mí como un meteoro y corrió directo hacia el temible reptil. Traté de llamarlo, pero no me prestó atención, y como no podía soportar la idea de que se sacrificara, también yo me detuve y me enfrenté al monstruo.

La criatura pareció más impresionada con Nobs que con ninguno de nosotros y nuestras armas de fuego, pues se detuvo mientras el perro lo atacaba gruñendo, y le lanzó una poderosa dentellada.

Pero Nobs se movía como un relámpago comparado con la lenta bestia y esquivó con facilidad los ataques de su oponente. Entonces corrió hasta detrás de la horrible bestia y la agarró por la cola. Allí Nobs cometió el error de su vida. Dentro de aquel órgano moteado había los músculos de un titán, la fuerza de una docena de poderosas catapultas, y el propietario de la cola era plenamente consciente de las posibilidades que contenía. Con una simple sacudida de la punta envió al pobre Nobs por los aires, directo al bosquecillo de acacias de donde la bestia había surgido para apoderarse de nuestra presa… Y entonces la grotesca criatura se desplomó sin vida en el suelo.

Olson y von Schoenvorts llegaron un minuto más tarde con sus hombres. Entonces todos nos acercamos con cautela a la forma tendida. La criatura estaba muerta, y un examen más atento reveló que la bala de Whitely le había atravesado el corazón, y la mía había roto la espina dorsal.

—¿Pero por qué no murió instantáneamente? -exclamé.

—Porque -dijo von Schoenvorts de modo desagradable-, la bestia es tan grande, y su organización nerviosa de un calibre tan bajo, que tardó su tiempo en que la inteligencia de la muerte llegara y se marcara en el diminuto cerebro. La cosa estaba muerta cuando sus balas la alcanzaron, pero no lo supo durante varios segundos… posiblemente un minuto. Si no me equivoco, es un Allosaurus del Jurásico Superior. Se han encontrado restos similares en Wyoming Central, en la periferia de Nueva York.

Un irlandés llamado Brady hizo una mueca. Más tarde me enteré que había servido tres años en la división de tráfico de la policía de Chicago.

Estuve llamando a Nobs mientras tanto y me disponía a ir a buscarlo, temeroso, lo reconozco, de encontrarlo lisiado y muerto entre los árboles del bosquecillo de acacias, cuando de repente emergió de entre los troncos, las orejas planas, el rabo entre las piernas y el cuerpo convertido en una ese suplicante. Estaba ileso a excepción de unas cuantas magulladuras menores; pero era el perro más abatido que he visto jamás.

Recogimos lo que quedaba de ciervo rojo después de despellejarlo y lavarlo, y nos dispusimos a regresar al submarino. Por el camino, Olson, von Schoenvorts y yo discutimos sobre las necesidades de nuestro futuro inmediato, y consideramos por unanimidad que teníamos que emplazar un campamento permanente en tierra. El interior de un submarino es el sitio más incómodo y deprimente que se pueda imaginar, y con este clima cálido, y en aguas calientes, era casi insoportable. Así que decidimos construir un campamento con su correspondiente empalizada.

Capítulo VI

Mientras regresábamos lentamente al barco, planeando y discutiendo sobre esto, nos sorprendió de pronto una detonación fuerte e inconfundible.

—¡Un proyectil del U-33! -exclamó von Schoenvorts.

—¿De qué puede tratarse? -inquirió Olson.

—Están en problemas -respondí por todos-, y tenemos que ayudarlos. Soltad ese cadáver -dije a los hombres que llevaban la carne-, ¡y seguidme!

Eché a correr en dirección a la bahía.

Corrimos durante casi un kilómetro sin oír nada más, y entonces reduje el ritmo, ya que el ejercicio nos estaba pasando factura, pues habíamos pasado demasiado tiempo confinados en el interior del U-33. Jadeando y resoplando, continuamos nuestro camino hasta que, a poco más de un kilómetro de la bahía, nos encontramos con algo que nos hizo detenernos. Atravesábamos una barrera de árboles, habitual en esta parte del país, cuando de repente emergimos a un espacio abierto en el centro del cual había una banda que habría hecho detenerse al más valiente. Eran unos quinientos individuos que representaban varias especies relacionadas con el hombre. Había simios antropoides y gorilas; a estos no tuve ninguna dificultad para reconocerlos. Pero también había otras formas que nunca había visto antes, y me resultó difícil distinguir si eran mono u hombre. Algunos de ellos se parecían al cadáver que habíamos encontrado en la estrecha playa, junto a la muralla de acantilados de Caprona, mientras que otros eran de un tipo todavía más inferior, más parecido a los monos, pero otros eran sorprendentemente parecidos a los hombres, y caminaban erectos, menos peludos y con cabezas mejor formadas.

Había uno entre ellos, evidentemente el líder, que se parecía al llamado hombre de Neanderthal de La Chapelle-aux -Saints. Tenía el mismo tronco corto y fornido sobre el que descansaba una enorme cabeza habitualmente inclinada hacia adelante en la misma curvatura que la espalda, los brazos más cortos que las piernas, y las piernas considerablemente más cortas que las del hombre moderno, las rodillas dobladas hacia adelante y nunca rectas.

Esta criatura, junto a una o dos más que parecían de un orden inferior a él, aunque más alto que los monos, llevaban gruesos palos: los otros iban armados con músculos gigantescos y poderosos colmillos, las armas de la naturaleza. Todos eran machos, y todos iban completamente desnudos. No había entre ellos el menor signo de adorno.

Al vernos, se volvieron mostrando los colmillos y gruñendo. No quise dispararles hasta que fuera estrictamente necesario, así que empecé a dirigir a mi grupo para evitarlos dando un rodeo; pero en el momento en que el hombre de Neanderthal adivinó mi intención, evidentemente la atribuyó a cobardía por nuestra parte, y con un salvaje alarido saltó hacia nosotros, agitando su maza por encima de la cabeza. Los otros lo siguieron, y en un minuto nos habrían vencido. Di la orden de disparar, y a la primera descarga cayeron seis, incluyendo el hombre de Neanderthal. Los otros vacilaron un momento y luego corrieron hacia los árboles, algunos a ciegas entre las ramas, mientras que otros se nos perdieron entre la maleza. Von Schoenvorts y yo advertimos que al menos dos de las criaturas más altas, las parecidas a los hombres, se refugiaban en los árboles con la misma facilidad que los simios, mientras que otros que se parecían en porte y contorno buscaban la seguridad en el suelo, junto a los gorilas.

Un examen reveló que cinco de nuestros oponentes estaban muertos y el sexto, el hombre de Neanderthal, no estaba más que levemente herido, pues la bala había rozado su grueso cráneo, aturdiéndolo. Decidimos llevarlo con nosotros al campamento, y con los cinturones conseguimos asegurar sus manos tras su espalda y colocarle una correa al cuello antes de que recuperara la consciencia. Rehicimos entonces nuestros pasos para recoger la caza, convencidos por propia experiencia que los que estaban a bordo del U-33 habían podido asustar a esta partida con un solo disparo. Pero cuando llegamos al lugar donde habíamos dejado el ciervo, éste había desaparecido.

En el camino de vuelta Whitely y yo nos adelantamos un centenar de metros a los demás con la esperanza de poder cazar algo comestible, pues todos estábamos enormemente disgustados y decepcionados por la pérdida de nuestro venado. Whitely y yo avanzamos con mucha cautela, y pese a que no nos acompañaba toda la partida, tuvimos mejor suerte que en el viaje de ida, y abatimos a dos grandes antílopes a poco más de medio kilómetro de la bahía; así, con nuestra caza y nuestro prisionero regresamos alegremente al barco, donde encontramos que todos estaban a salvo. En la orilla, un poco al norte de donde nos encontrábamos, yacían los cadáveres de veinte de las criaturas salvajes que habían atacado a Bradley y a su grupo en nuestra ausencia; nosotros habíamos dispersado al resto unos pocos minutos más tarde.

Consideramos que les habíamos enseñado una lección a aquellos salvajes hombres-mono y que por eso estaríamos más seguros en el futuro… al menos por parte de ellos; pero decidimos no correr riesgos, pues consideramos que este nuevo mundo estaba lleno de terrores que todavía nos eran desconocidos. No nos equivocábamos.

A la mañana siguiente comenzamos a trabajar en nuestro campamento, después de que Bradley, Olson, von Schoenvorts, la señorita La Rué y yo nos pasáramos media noche despiertos discutiendo sobre el asunto y trazando planes. Pusimos a los hombres a talar árboles, eligiendo para el propósito jarrah, una madera dura y resistente al clima que crecía en profusión en las inmediaciones. La mitad de los hombres trabajaban mientras la otra mitad montaba guardia, alternándose cada hora con una hora de descanso a mediodía. Olson dirigía esta tarea. Bradley, von Schoenvorts y yo, con ayuda de la señorita La Rué, fuimos marcando con estacas los diversos edificios y la muralla exterior.

Cuando terminó el día, teníamos un puñado de troncos bien cortados y preparados para iniciar la construcción al día siguiente, y todos estábamos cansados, pues después de trazar el contorno de los edificios todos echamos una mano y ayudamos a talar… todos menos von Schoenvorts. Se pasó la tarde dándole forma a una maza con una rama de jarrah y hablando con la señorita La Rué, que se había dignado a advertir su existencia.

No vimos a los hombres salvajes del día anterior, y sólo una vez fuimos amenazados por los extraños habitantes de Caprona, cuando una terrible pesadilla del cielo cayó sobre nosotros, sólo para ser expulsada por una andanada de balas. La criatura parecía ser una variedad de pterodáctilo, y su enorme tamaño y su feroz aspecto eran aterradores. Hubo otro incidente, también, que para mí al menos fue más desagradable que el súbito ataque del reptil prehistórico. Dos de los hombres, ambos alemanes, estaban despojando a un árbol caído de sus ramas. Von Schoenvorts había terminado su maza, y él y yo nos acercábamos al lugar donde los dos hombres trabajaban.

Uno de ellos lanzó hacia atrás una pequeña rama que acababa de cortar, y por desgracia le dio a von Schoenvorts en la cara. No pudo hacerle daño, pues no dejó marca, pero von Schoenvorts montó en cólera, y gritó:

—¡Atención!

El marinero se puso firmes inmediatamente, se volvió hacia su oficial, chasqueó los talones y saludó.

—¡Cerdo! -rugió el barón, y golpeó al hombre en la cara, rompiéndole la nariz.

Agarré a von Schoenvorts por el brazo y lo aparté antes de que pudiera volver a golpear, si esa era su intención, y entonces él alzó su palo para atacarme. Pero antes de que descendiera el cañón de mi pistola se apretó contra su vientre y debió ver en mis ojos que nada me complacería más que tener una excusa para apretar el gatillo. Como toda su ralea y todos los demás matones, von Schoenvorts era un cobarde de corazón, y por eso bajó la mano y empezó a darse la vuelta. Pero yo tiré de él, y allí ante sus hombres le dije que una cosa así no debía volver a suceder jamás, que ningún hombre iba a ser golpeado ni castigado fuera del proceso de leyes que habíamos creado y del tribunal que habíamos establecido. Todo el tiempo el marinero permaneció firme, pero no pude saber por su expresión si lamentaba el golpe de su oficial o mi interferencia en el evangelio del Kaiser. Tampoco se movió hasta que le dije:

—Plesser, puede regresar a su camarote y vendar su herida.

Entonces él saludó y se marchó rápidamente al U-33.

Justo antes del anochecer nos apartamos un centenar de metros de la costa y anclamos, pues consideré que estaríamos más a salvo allí que en otro lugar. También destaqué a un grupo de hombres para que montaran guardia durante la noche y nombré a Olson oficial de guardia, diciéndole que llevara sus mantas a cubierta y descansara en lo posible. En la cena probamos nuestro primer asado de antílope de Caprona, y una ensalada de verduras que el cocinero había encontrado cerca del arroyo. Durante toda la cena von Schoenvorts permaneció hosco y silencioso.

Tras la cena todos subimos a cubierta y contemplamos los desconocidos escenarios de la noche caproniana; todos menos von Schoenvorts. Había menos que ver que oír. Desde el gran lago interior situado detrás de nosotros llegaban los siseos y gritos de incontables saurios. En el cielo oíamos el sacudir de alas gigantescas, mientras desde la jungla se alzaban las voces multitudinarias de una jungla tropical, de la atmósfera cálida y húmeda que debía haber cubierto toda la tierra durante las eras Paleozoica y Mesozoica. Pero aquí se entremezclaban también las voces de eras posteriores: el grito de la pantera, el rugido del león, el aullido de los lobos y un gruñido estrepitoso que no pudimos atribuir a nada terrenal pero que un día conectaríamos con la más temible de las antiguas criaturas.

Uno a uno los otros volvieron a sus camarotes, hasta que la muchacha y yo nos quedamos a solas, pues había permitido que la guardia permaneciera abajo unos minutos más, sabiendo que yo estaría en cubierta. La señorita La Rué permanecía en silencio, aunque respondía graciosamente a todo lo que yo tuviera que decir y demandara una respuesta. Le pregunté si no se sentía bien.

—Sí -dijo ella-, pero todo este horror me deprime. Me siento tan poco importante... tan pequeña e indefensa ante todas estas manifestaciones de vida reducidas al salvajismo y la brutalidad. Me doy cuenta como nunca antes de lo insignificante que es la vida. Parece una broma, una broma cruel y sombría. Eres algo risible o temible según seas más o menos poderoso que cualquier otra forma de vida que se cruce en tu camino: pero como regla general no vales nada más que ante ti mismo. Eres una figura cómica que salta de la cuna a la tumba. Sí, ese es nuestro problema: nos tomamos a nosotros mismos demasiado en serio. Pero sin duda Caprona nos curará de eso.

Hizo una pausa y se echó a reír.

—Ha desarrollado una hermosa filosofía -dije yo-. Llena el ansia el pecho humano. Es plena, satisface, ennoblece. Qué maravillosos pasos hacia la perfección podría haber hecho la raza humana si el primer hombre hubiera evolucionado y hubiera insistido hasta ahora como el credo de la humanidad.

—No me gusta la ironía -dijo ella-. Indica un alma pobre.

—¿Qué otro tipo de alma puede esperar de una «figura cómica que salta de la cuna a la tumba»? -inquirí-. ¿Y qué diferencia hay, por cierto, entre lo que a uno le gusta y no le gusta? Estás aquí sólo un momento, y no puedes tomarte a ti mismo demasiado en serio.

Ella me miró con una sonrisa.

—Imagino que estoy asustada y deprimida -dijo-, y sé que me siento muy sola y añoro mi hogar.

Había casi un sollozo en su voz. Era la primera vez que me hablaba así. Involuntariamente, deposité mi mano sobre la suya, que descansaba en la barandilla.

—Sé lo difícil que es su posición -dije-, pero no piense que está sola. Hay... hay quien haría cualquier cosa por usted -terminé tímidamente.

Ella no apartó la mano. Me miró a la cara con lágrimas en las mejillas y leí en sus ojos el agradecimiento que sus labios no pudieron expresar. Entonces se volvió hacia el extraño paisaje iluminado por la luna y suspiró. Evidentemente su recién descubierta filosofía le estaba jugando a la contra, pues parecía tomarse a sí misma demasiado en serio. Quise cogerla entre mis brazos y decirle cuánto la amaba, y había retirado la mano de la barandilla y empezaba a atraerla hacia mí cuando Olson llegó a cubierta con su petate.

La mañana siguiente empezamos en serio con nuestro proyecto de construcción, y las cosas avanzaron a buen ritmo. El hombre de Neanderthal nos dio algunos problemas, y tuvimos que mantenerlo encadenado todo el tiempo, y se comportaba de manera salvaje cada vez que nos acercábamos. Pero al cabo del tiempo se volvió más dócil, y entonces intentamos descubrir si tenía algún lenguaje. Lys se pasó mucho tiempo hablando con él y tratando de sonsacarle alguna palabra, pero no tuvo éxito. Tardamos tres semanas en construir todas las casas, que edificamos junto a un frío manantial a unos tres kilómetros de la bahía.

Cambiamos un poco nuestros planes cuando se trató de construir la empalizada, pues encontramos un acantilado desmoronado cerca y podíamos conseguir allí todas las piedras planas necesarias, así que construimos una muralla de piedra que rodeaba los edificios. Tenía forma de cuadrado, con bastiones y torres en cada esquina que permitían disparar desde cualquier lado del fuerte, y tenía cien metros cuadrados por fuera, con murallas de diez centímetros de grosor en la base y de un palmo en la parte superior, y cuatro metros y medio de altura. Tardamos mucho tiempo en construir esa muralla, y todos echamos una mano y ayudamos excepto von Schoenvorts, quien, por cierto, no me hablaba excepto para asuntos oficiales desde nuestro encontronazo… una especie de neutralidad armada que me venía al pelo. Acabamos de terminar la muralla, y hoy mismo estamos dándole los últimos retoques. Yo dejé el trabajo hace una semana y comencé a trabajar en esta crónica de nuestras extrañas aventuras, lo cual explicará cualquier equivocación en la cronología que pueda haberse colado: había tanto material que puede que haya cometido algún error, pero creo que son pocos y sin importancia.

Veo al repasar las últimas páginas que no he llegado a contar que Lys finalmente descubrió que el hombre de Neanderthal poseía un lenguaje. Ella aprendió a hablarlo, y yo también, hasta cierto grado. Fue él (dice que su nombre es Am, o Ahm), quien nos contó que este país se llama Caspak. Cuando le preguntamos hasta dónde se extendía, alzó ambos brazos sobre su cabeza en un gesto absorbedor que incluía, al parecer, todo el universo. Ahora es más tratable, y vamos a liberarlo, pues nos ha asegurado que no permitirá que sus amigos nos hagan daño. Nos llama galus y dice que dentro de poco él será un galu. No está claro lo que quiere decir con eso. Dice que hay muchos galus al norte de nosotros, y que en cuanto se convierta en uno irá a vivir con ellos.

Ahm salió a cazar con nosotros ayer y se quedó impresionado por la facilidad con que nuestros rifles abatían antílopes y ciervos. Hemos estado viviendo de los productos de la tierra; Ahm nos enseñó cuáles eran las frutas, tubérculos y hierbas comestibles, y dos veces a la semana salimos a conseguir carne fresca. Secamos y almacenamos una parte, pues no sabemos qué puede acontecer. Nuestro proceso de secado es en realidad ahumado. También secamos una gran cantidad de dos variedades de cereales que crecen salvajes a unos pocos kilómetros al sur. Uno es un maíz indio gigante, una planta perenne que suele tener hasta quince o veinte metros de altura, con hojas del tamaño del cuerpo de un hombre, y granos grandes como un puño. Hemos tenido que construir un segundo almacén para la gran cantidad de grano que hemos almacenado.

**

3 de septiembre de 1916: Hoy hace tres meses que el torpedo del U-33 me arrancó de la pacífica cubierta del trasatlántico americano para lanzarme al extraño viaje que ha terminado aquí en Caspak. Hemos acabado por aceptar nuestro destino, pues todos estamos convencidos de que ninguno volverá a ver el mundo exterior. Las repetidas afirmaciones de Ahm de que hay seres humanos como nosotros en Caspak han despertado en los hombres un agudo deseo de exploración. Envié una partida la semana pasada a las órdenes de Bradley. Ahm, que ahora es libre de ir y venir a su antojo, los acompañó. Se dirigieron al oeste, y encontraron muchas terribles bestias y reptiles y unas cuantas criaturas parecidas a hombres a quienes Ahm espantó. Aquí incluyo el informe de Bradley sobre la expedición:

«Marchamos unos veinte kilómetros el primer día, acampando en la orilla de un gran arroyo que corre hacia el sur. Había caza de sobra y vimos varias especies que no habíamos encontrado antes en Caspak. Justo antes de acampar nos atacó un enorme rinoceronte lanudo, que Plesser abatió con un disparo perfecto. Cenamos filetes de rinoceronte. Ahm llamó al bicho «atis». Fue una batalla casi continua desde que dejamos el fuerte hasta que llegamos al campamento. La mente del hombre apenas puede concebir la plétora de vida carnívora que hay en este mundo perdido; y sus presas, naturalmente, son aún más abundantes.

«El segundo día marchamos unos quince kilómetros hasta el pie de los acantilados. Atravesamos densos bosques cercanos a la base de los acantilados. Vimos criaturas parecidas a hombres y un orden bajo de simio en un lado, y algunos de los hombres juraron que había un hombre blanco entre ellos. Intentaron atacarnos al principio; pero una descarga de nuestros rifles les hizo cambiar de opinión. Escalamos los acantilados hasta donde pudimos, pero cerca de la cima son absolutamente perpendiculares sin ningún hueco o protuberancia que pueda servir de asidero. Todos nos sentimos decepcionados, pues anhelábamos ver el océano y el mundo exterior. Incluso esperamos poder ver y atraer la atención de algún barco de paso. Nuestra exploración ha determinado una cosa que posiblemente nos resultará de poco valor y nunca será oída más allá de las murallas de Caprona: este cráter estuvo una vez completamente lleno de agua. Hay pruebas irrefutables en la cara de los acantilados.

«Nuestro viaje de regreso ocupó dos días y estuvo lleno de aventuras, como de costumbre. Todos nos estamos acostumbrando a la aventura. Está empezando a calarnos. No sufrimos ninguna baja y no hubo enfermedades».

Tuve que sonreír al leer el informe de Bradley. En aquellos cuatro días había vivido sin duda más aventuras que un cazador africano en toda su vida, y sin embargo lo resumía todo en unas pocas líneas. Sí, nos estamos acostumbrando a la aventura. No pasa un sólo día sin que ninguno de nosotros tenga que enfrentarse a la muerte al menos una vez. Ahm nos enseñó unas cuantas cosas que han resultado provechosas y nos han ahorrado mucha munición, que empleamos para conseguir comida o como último recurso de autoconservación. Ahora, cuando nos atacan los grandes reptiles voladores corremos a ocultarnos bajo los árboles; cuando los carnívoros terrestres nos amenazan, nos subimos a los árboles, y hemos aprendido a no disparar a los dinosaurios a menos que podamos quitarnos de en medio durante al menos dos minutos después de alcanzarlos en el cerebro o la espina dorsal, o cinco minutos después de perforarles el corazón: ese tiempo tardan en morir. Alcanzarlos en cualquier otra parte es peor que inútil, pues no parecen advertirlo, y hemos descubierto que ese tipo de disparos no los matan ni los hieren.

**

7 de septiembre de 1916. Han pasado muchas cosas desde la última vez que escribí. Bradley ha vuelto a salir con una expedición para explorar los acantilados. Espera estar fuera unas cuantas semanas y continuar su camino en busca de un punto donde los acantilados puedan ser escalados. Se llevó consigo a Sinclair, Brady, James y Tippet. Ahm ha desaparecido. Se marchó hace tres días. Pero lo más sorprendente que tengo que registrar es que von Schoenvorts y Olson, mientras cazaban el otro día, descubrieron petróleo a unos veinte kilómetros al norte de nosotros, más allá de los acantilados de piedra caliza. Olson dice que hay un gran surtidor de petróleo, y von Schoenvorts está haciendo preparativos para refinarlo. Si tiene éxito, tendremos los medios para dejar Caspak y regresar a nuestro mundo. Apenas puedo creer que sea verdad. Nos sentimos en el séptimo cielo. Ruego a Dios para que no nos decepcionemos luego.

He intentado en varias ocasiones abordar el tema de mi amor por Lys. Pero ella no quiere escucharme.

Capítulo VII

8 de octubre de 1916.

Esta es la última entrada que haré en mi manuscrito. Cuando acabe, se habrá terminado. Aunque rezo para que llegue a hombres civilizados, el sentido me dice que nunca será leído por otros ojos que no sean los míos, y que aunque así fuera, sería demasiado tarde para que me sirviera de algo. Estoy solo en lo alto del gran acantilado, contemplando el ancho Pacífico. Un gélido viento del sur me cala hasta los huesos, mientras que debajo puedo ver el follaje tropical de Caspak a un lado y enormes icebergs de la cercana Antártida al otro. Cuando termine meteré el manuscrito doblado en el termo que llevo para ese propósito desde que salí del fuerte (Fuerte Dinosaurio, lo llamamos) y lo lanzaré al Pacífico desde lo alto del acantilado. No sé qué corrientes abrazan las costas de Caprona, ni puedo imaginar adonde llegará mi botella, pero he hecho todo lo que cualquier hombre mortal puede hacer para informar al mundo de mi paradero y de los peligros que amenazan a aquellos que todavía permanecemos vivos en Caspak... si es que quedan otros aparte de mí.

El 8 de septiembre aproximadamente acompañé a Olson y von Schoenvorts al geiser de petróleo. Lys vino con nosotros, y llevamos varias cosas que von Schoenvorts necesitaba para erigir una burda refinería. Recorrimos costa arriba unos quince o veinte kilómetros en el U-33, tratando de desembarcar cerca de la desembocadura de un pequeño arroyo que vaciaba grandes cantidades de crudo al mar; me resulta difícil llamar a este gran lago por otro nombre. Entonces desembarcamos y caminamos tierra adentro unos siete kilómetros, donde nos encontramos con una pequeña laguna enteramente llena de petróleo, en cuyo centro brotaba un geiser.

En las orillas del lago ayudamos a von Schoenvorts a construir su primitiva refinería. Trabajamos con él durante dos días hasta que consiguió poner las cosas en marcha, y luego regresamos a Fuerte Dinosaurio, ya que temía que Bradley pudiera regresar y se preocupara por nuestra ausencia. El U-33 simplemente desembarcó a los que íbamos a regresar al fuerte y luego regresó hacia el pozo de petróleo. Olson, Whitely, Wilson, la señorita La Rué y yo mismo desembarcamos, mientras que von Schoenvorts y sus alemanes regresaban para refinar el crudo. Al día siguiente Plesser y otros dos alemanes vinieron a por munición. Plesser dijo que los habían atacado hombres salvajes y que habían gastado gran cantidad de balas. También pidió permiso para llevarse carne seca y maíz, diciendo que estaban tan ocupados con el trabajo de refinado que no tenían tiempo para cazar. Permití que se llevara todo lo que quiso, y no sospeché de sus intenciones. Regresaron al pozo de petróleo el mismo día, mientras nosotros continuábamos con las diversas rutinas de la vida en el campamento.

Durante tres días no sucedió nada digno de mención. Bradley no regresó; tampoco tuvimos noticias de von Schoenvorts. Por la noche Lys y yo subimos a una de las torres de observación y escuchamos la sombría y terrible vida nocturna de las temibles eras del pasado. Una vez un dientes de sable rugió casi debajo de nosotros, y la muchacha se apretujó contra mí. Mientras sentía su cuerpo contra el mío, todo el amor acumulado de estos tres largos meses rompió las cadenas de la timidez y la corrección, y la envolví en mis brazos y cubrí su cara y labios de besos. Ella no intentó soltarse, sino que rodeó mi cuello con sus brazos y acercó mi cara aún más a la suya.

—¿Me amas, Lys? -pregunté. Sentí que asentía con la cabeza, un gesto afirmativo contra mi pecho-. Dímelo, Lys -supliqué-, dime con palabras cuánto me amas.

La respuesta fue en voz baja, dulce y tierna:

—Te amo más allá de todo lo imaginable.

Mi corazón se llenó entonces de embeleso, y se llena ahora igual que ha hecho las incontables veces que he recordado aquellas queridas palabras, y siempre lo hará hasta que la muerte me reclame. Puede que nunca vuelva a verla: puede que ella no sepa cuánto la amo… puede que se cuestione, puede que dude. Pero siempre verdadero y firme, y cálido con los fuegos del amor, mi corazón late por la muchacha que dijo aquella noche:

—Te amo más allá de todo lo imaginable.

Durante mucho tiempo permanecimos sentados en el pequeño banco construido para el centinela que aún no habíamos considerado necesario apostar más que en una de las cuatro torres. Aprendimos a conocernos mejor mutuamente en aquellas dos breves horas que en todos los meses que habían pasado desde que nos conocimos. Ella me dijo que me amó desde el principio, y que nunca había amado a von Schoenvorts, pues su compromiso había sido concertado por su tía debido a razones sociales.

Fue la noche más feliz de mi vida. No espero volver a vivir una experiencia como aquella, pero se terminó, igual que se termina la felicidad. Bajamos al complejo, y acompañé a Lys hasta la puerta de su habitación. Allí volvió a besarme y me dio las buenas noches, y entonces entró y cerró la puerta.

Me dirigí a mi propia habitación, y me senté a la luz de una de las burdas velas que habíamos hecho con la grasa de una de las bestias que habíamos matado, y reviví los acontecimientos de aquella noche. Por fin me acosté y me quedé dormido, soñando sueños felices y haciendo planes para el futuro, pues incluso en la salvaje Caspak estaba decidido a hacer feliz a mi amada.

Desperté cuando ya era de día. Wilson, que hacía las veces de cocinero, estaba ya levantado y enfrascado en su trabajo en la cocina. Los demás dormían, pero yo me levanté y seguido de Nobs bajé al arroyo a darme un chapuzón. Como era nuestra costumbre, iba armado con rifle y revólver, pero me desnudé y nadé sin ser molestado más que por una gran hiena, que suelen habitar las cuevas de los acantilados de piedra caliza al norte del campamento. Son enormes y terriblemente feroces. Imagino que se corresponden con la hiena de las cavernas de tiempos prehistóricos.

Este ejemplar atacó a Nobs, cuyas experiencias en Caprona le habían enseñado que la discreción es la mejor parte del valor, con el resultado de que acabó lanzándose de cabeza al arroyo junto a mí después de emitir una serie de feroces gruñidos que no tuvieron más efecto sobre la Hyaena spelaeus de lo que podría conseguir una dulce sonrisa contra un jabalí enfurecido. Al final abatí a la bestia, y Nobs se dio un festín mientras me vestía, pues se había acostumbrado a comer la carne cruda durante nuestras numerosas expediciones de caza, donde siempre le dábamos una porción de la presa.

Cuando regresamos, Whitely y Olson estaban levantados y vestidos, y todos nos sentamos a tomar un buen desayuno. No pude dejar de preguntarme por la ausencia de Lys de la mesa, pues siempre era una de las personas más madrugadoras del campamento. Así, a eso de las nueve, temiendo que se hallara indispuesta, me acerqué hasta su habitación y llamé a la puerta. No recibí ninguna respuesta, así que llamé con todas mis fuerzas. Entonces giré el pomo y entré, para descubrir que ella no estaba allí. Su cama había sido ocupada, y sus ropas yacían donde las había dejado la noche anterior al retirarse, pero Lys había desaparecido. Decir que me sentí lleno de terror sería expresarlo de una forma suave. Aunque sabía que no podía estar en el campamento, busqué en cada palmo del complejo y en todos los edificios, sin conseguir nada.

Fue Whitely quien descubrió la primera pista: una gran huella de aspecto humano en la tierra blanda junto al arroyo, e indicaciones de una pelea en el lodo.

Entonces encontré un diminuto pañuelo cerca de la muralla exterior. ¡Lys había sido secuestrada! Estaba bien claro. Algún horrible miembro de la tribu de hombres-mono había entrado en el fuerte y se la había llevado. Mientras contemplaba aturdido y horrorizado la temible evidencia que tenía delante, desde el gran lago llegó un sonido cada vez más fuerte que se fue convirtiendo en una especie de alarido. Todos alzamos la cabeza cuando el ruido pasó por encima de nosotros, y un momento más tarde se produjo una terrible explosión que nos lanzó al suelo.

Cuando nos pusimos en pie, vimos que una gran sección de la muralla oeste había quedado destruida. Fue Olson quien primero se recuperó lo suficiente para adivinar la explicación del fenómeno.

—¡Un proyectil! -exclamó-. Y no hay más proyectiles en Caspak que los que tenemos en el submarino. ¡Los sucios boches nos han traicionado! ¡Vamos!

Y agarró su rifle y echó a correr hacia el lago. Eran más de tres kilómetros, pero no nos detuvimos hasta que tuvimos la bahía a la vista, aunque no podíamos ver el lago a causa de los acantilados de piedra arenisca que se interponían. Corrimos lo más rápido que pudimos hasta el extremo inferior de la bahía, subimos los acantilados y por fin desde la cima vimos el lago completo. Muy lejos costa abajo, hacia el río por el cual habíamos llegado, vimos el contorno del U-33, vomitando humo negro por su chimenea.

¡Von Schoenvorts había conseguido refinar el petróleo! El mal nacido había roto su promesa y nos dejaba a nuestro destino. Incluso había bombardeado el fuerte como saludo de despedida. Nada podría haber sido más prusiano que esta marcha del barón Friedrich von Schoenvorts.

Olson, Whitely y yo nos quedamos mirándonos un momento. Parecía increíble que un hombre pudiera ser tan pérfido, que hubiéramos visto con nuestros propios ojos lo que acabábamos de ver. Pero cuando regresamos al fuerte, la muralla derruida nos dio pruebas suficientes de que no se había tratado de un error.

Entonces empezamos a especular sobre si había sido un hombre-mono o un prusiano quien había secuestrado a Lys. Por lo que sabíamos de von Schoenvorts, no habría sido sorprendente por su parte; pero las huellas junto al arroyo parecían una prueba irrefutable de que uno de los hombres subdesarrollados de Caprona había secuestrado a la mujer que yo amaba.

En cuanto me convencí a mí mismo de que ese era el caso, hice mis preparativos para seguirla y rescatarla. Olson, Whitely y Wilson quisieron acompañarme; pero yo les dije que eran necesarios aquí, ya que el grupo de Bradley seguía ausente y con la marcha de los alemanes era necesario conservar nuestras fuerzas en la medida de lo posible.

Capítulo VIII

Fue una despedida triste. En silencio estreché la mano de cada uno de los tres hombres restantes. Incluso el pobre Nobs parecía abatido cuando dejamos el complejo e iniciamos la persecución del claro rastro dejado por el secuestrador. Ni una sola vez volví la mirada hacia Fuerte Dinosaurio. No lo he vuelto a ver desde entonces… ni es probable que vuelva a verlo jamás. La pista se dirigía hacia el noreste hasta que llegaba a la zona occidental de los acantilados de piedra arenisca al norte del fuerte; allí seguía un sendero bien definido que se dirigía al norte por un territorio que todavía no habíamos explorado.

Era un terreno hermoso y levemente ondulado, con amplias praderas donde pastaban incontables animales herbívoros: ciervos rojos, uros, y una amplia gama de antílopes y al menos tres especies distintas de caballo que oscilaban desde el tamaño de Nobs hasta un magnífico animal de catorce o dieciséis palmos de altura. Estas criaturas pastaban juntas en perfecta camaradería, y no mostraron ninguna indicación de terror cuando Nobs y yo nos acercamos. Se apartaron de nuestro camino y no nos quitaron los ojos de encima hasta que pasamos de largo; luego continuaron pastando.

El sendero atravesaba el claro hasta llegar a otro bosque, en cuya linde vi algo blanco. Parecía destacar en marcado contraste con sus inmediaciones, y cuando me detuve a examinarlo, descubrí que era una pequeña tira de muselina… parte del dobladillo de una ropa. De inmediato me sentí animado, pues sabía que era una señal dejada por Lys para indicar que había seguido por este camino: era un trocito del dobladillo de la ropa que usaba en vez del camisón que había perdido en el hundimiento del crucero. Tras llevarme a los labios el trocito de tela, avancé aún más rápido que antes, porque ahora sabía que seguía la pista correcta y que, hasta este punto al menos, Lys seguía con vida.

Hice más de treinta kilómetros ese día, pues ya estaba endurecido ante la fatiga y acostumbrado a largas caminatas, ya que pasaba mucho tiempo cazando y explorando en las inmediaciones del campamento. Una docena de veces ese día mi vida fue amenazada por temibles criaturas de la tierra o el cielo, aunque no pude dejar de advertir que cuanto más avanzaba hacia el norte, menos grandes dinosaurios había, aunque aún persistían en pequeño número. Por otro lado la cantidad de rumiantes y la variedad y frecuencia de animales herbívoros aumentaba. Cada kilómetro cuadrado de Caspak albergaba sus terrores.

A intervalos por el camino fui encontrando trozos de muselina, y a menudo me reconfortaban cuando de otro modo habría sentido dudas sobre qué camino tomar cuando dos se cruzaban o había desviaciones, como ocurrió en varios momentos. Y así, a medida que se acercaba la noche, llegué al extremo sur de una hilera de acantilados más altos de los que había visto antes, y al acercarme, me llegó el olor de madera quemada. ¿Qué podía suceder? Sólo era posible una solución: había hombres cerca, una orden superior a la que habíamos visto hasta ahora, diferente a la de Ahm, el hombre de Neanderthal. Me pregunté de nuevo, como había hecho tantas veces, si no habría sido Ahm quien secuestró a Lys.

Me acerqué cautelosamente al flanco de los acantilados, allá donde terminaban en un brusco tajo, como si una mano poderosa hubiera arrancado una gran sección de roca y la hubiera depositado sobre la superficie de la tierra. Ya estaba bastante oscuro, y mientras me arrastraba vi a cierta distancia un gran fuego en torno al cual había varias figuras… al parecer figuras humanas. Indiqué a Nobs que guardara silencio, cosa que hizo pues había aprendido muchas lecciones sobre el valor de la obediencia desde que llegamos a Caspak. Avancé, aprovechándome de toda cobertura que pude encontrar, hasta que detrás de unos matorrales pude ver claramente a las figuras congregadas en torno al fuego.

Eran humanas y no lo eran. Debería decir que estaban un poco más alto que Ahm en la escala evolutiva, ocupando posiblemente un lugar en la evolución entre lo que es el hombre de Neanderthal y lo que se conoce como raza de Grimaldi. Sus rasgos eran claramente negroides, aunque sus pieles eran blancas. Una considerable porción del torso y los miembros estaban cubiertos de pelo corto, y sus proporciones físicas eran en muchos aspectos simiescas, aunque no tanto como las de Ahm. Adoptaban una postura más erecta, aunque sus brazos eran considerablemente más largos que los del hombre de Neanderthal. Mientras los observaba, vi que poseían un lenguaje, que tenían conocimiento del fuego y que llevaban, además de un palo de madera como el de Ahm, algo que parecía una burda hacha de piedra. Evidentemente estaban muy abajo en la escala de la humanidad, pero eran un peldaño superior a los que había visto anteriormente en Caspak.

Pero lo que más me interesó fue la esbelta figura de una delicada muchacha, apenas vestida con un fragmento de muselina que apenas le cubría las rodillas… una muselina rota y rasgada por el borde inferior. Era Lys, y estaba viva y, por lo que pude ver, ilesa. Un enorme bruto de gruesos labios y mandíbula prominente se encontraba a su lado. Hablaba en voz alta y gesticulaba salvajemente. Yo estaba lo bastante cerca como para oír sus palabras, que eran similares al lenguaje de Ahm, aunque más completo, pues había muchas palabras que no podía entender. Sin embargo capté el sentido de lo que estaba diciendo: que él había encontrado y capturado a esta galu, que era suya y que desafiaba a cualquiera que cuestionase su derecho de posesión. Me pareció, como después he comprendido, que estaba siendo testigo de la más primitiva de las ceremonias de matrimonio. Los miembros reunidos de la tribu escuchaban sumidos en una especie de apatía indiferente, pues el que hablaba era con diferencia el más poderoso del clan.

No pareció haber nadie que disputara su reclamación cuando dijo, o más bien gritó con tono estentóreo:

—Soy Tsa. Ésta es mi ella. ¿Quién la desea más que Tsa?

—Yo -dije en el lenguaje de Ahm, y salí a la luz ante ellos. Lys dejó escapar un gritito de alegría y avanzó hacia mí, pero Tsa la agarró por el brazo y la hizo retroceder.

—¿Quién eres tú? -chilló Tsa-. ¡Yo mato! ¡Yo mato! ¡Yo mato!

—La ella es mía -repliqué-, y he venido a reclamarla. Yo mato si tú no la dejas venir conmigo.

Y alcé mi pistola a la altura de su corazón. Naturalmente la criatura no tenía ni idea de para qué servía el pequeño instrumento con el que le apuntaba. Con un sonido que era medio humano y medio gruñido de bestia salvaje, saltó hacia mí. Apunté a su corazón y disparé, y mientras caía de cabeza al suelo, los otros miembros de la tribu, aterrados por la detonación de la pistola, corrieron hacia los acantilados… mientras Lys, con los brazos extendidos, corría hacia mí.

Mientras la abrazaba, de la noche negra a nuestra espalda, y luego a nuestra derecha y después a nuestra izquierda se alzó una serie de terribles alaridos, aullidos, rugidos y gruñidos. Era la vida nocturna de este mundo selvático que recuperaba la vida, las enormes y carnívoras bestias nocturnas que volvían espantosas las noches de Caspak. Un sollozo estremeció la figura de Lys.

—¡Oh, Dios -gimió-, dame fuerzas para soportarlo!

Advertí que estaba a punto de un colapso nervioso, después de todo el horror y el miedo que debía haber pasado ese día, y traté de tranquilizarla y consolarla lo mejor que pude. Pero incluso para mí el futuro parecía aciago, ¿pues qué posibilidad de vivir teníamos contra los terribles cazadores de la noche que incluso ahora nos rondaban cada vez más cerca?

Me volví para ver qué había sido de la tribu, y a la irregular luz del fuego percibí que la cara del acantilado estaba llena de grandes agujeros hacia los que subían aquellas criaturas humanoides.

—Vamos -le dije a Lys-, tenemos que seguirlos. Aquí no duraremos ni media hora. Tenemos que encontrar una cueva.

Ya podíamos ver los brillantes ojos verdes de los hambrientos carnívoros. Agarré una rama de la hoguera y la lancé a la noche, y como respuesta oímos un coro de protestas salvajes y enfurecidas, pero los ojos desaparecieron durante un rato. Tras seleccionar una rama ardiente para cada uno de nosotros, avanzamos hacia los acantilados, donde fuimos recibidos por furiosas amenazas.

—Nos matarán -dijo Lys-. Será mejor que busquemos otro refugio.

—No nos matarán con tanta seguridad como esas otras criaturas de ahí fuera -repliqué-. Voy a buscar refugio en una de esas cavernas. Esos hombrescosa no se saldrán con la suya.

Y continué avanzando en dirección a la base del acantilado.

Una gran criatura se alzaba en un saliente, blandiendo su hacha de piedra.

—Ven y te mataré y me quedaré con la ella -alardeó.

—Ya has visto lo que le pasó a Tsa cuando quiso quedarse con mi ella -repliqué en su propio lenguaje-. Es lo que te pasará a ti y a todos tus amigos si no nos permitís ir en paz entre vosotros para evitar los peligros de la noche.

—Id al norte -gritó él-. Id al norte entre los galus, y no nos haremos daño. Algún día nosotros seremos galus, pero ahora no lo somos. No pertenecéis a este lugar. Marchaos u os mataremos. La ella puede quedarse si tiene miedo, y la cuidaremos; pero el él tiene que marcharse.

—El él no se marchará -repliqué, y me acerqué aún más.

Salientes irregulares y estrechos formados por la naturaleza daban acceso a las cuevas superiores. Un hombre podría escalarlas si no encontraba problemas, pero hacerlo delante de una tribu beligerante de semihombres y con una muchacha a la que ayudar estaba más allá de mi capacidad.

—No te temo -gritó la criatura-. Estabas cerca de Tsa, pero yo estoy muy por encima de ti. No puedes dañarme como dañaste a Tsa. ¡Márchate!

Coloqué el pie en el saliente más bajo y empecé a subir, tras extender la mano y aupar a Lys a mi lado. Ya me sentía más seguro. Pronto estaríamos a salvo de las bestias que volvían a acercarse a nosotros. El hombre que teníamos encima alzó el hacha de piedra por encima de su cabeza y saltó rápidamente para recibirnos. Su posición sobre mí le proporcionaba una ventaja superior, o al menos eso pensó probablemente, pues nos atacó mostrando grandes signos de confianza. Odié hacerlo, pero parecía que no había otro modo, así que lo abatí de un disparo como había hecho con Tsa.

—Veis -le grité a sus amigos-, que puedo mataros dondequiera que estéis. Os puedo matar de lejos o de cerca. Dejadnos ir entre vosotros en paz. No os haré daño si no nos hacéis daño. Ocuparemos una cueva alta. ¡Hablad!

—Venid entonces -dijo uno-. Si no nos hacéis daño, podéis venir. Ocupad el agujero de Tsa, que es el que tenéis encima.

La criatura nos indicó la boca de una negra cueva, pero se mantuvo apartado mientras lo hacía, y Lys me siguió mientras me arrastraba para explorarla. Llevaba cerillas conmigo, y a la luz de una de ellas encontré una pequeña cueva con el techo plano y un suelo que seguía las hendiduras de los estratos. Piezas del techo se habían caído en alguna fecha lejana, como quedaba claro por el grado de la suciedad que las cubría. Incluso un examen superficial reveló el hecho de que no se había intentado nada para mejorar la habitabilidad de la caverna; ni, juzgué, se había limpiado jamás. Con considerable dificultad solté algunas de las piezas más grandes de roca rota que cubrían el suelo y las coloqué como barrera ante la puerta. Estaba demasiado oscuro para hacer nada más.

Le di entonces a Lys un poco de carne seca, y tras sentarnos junto a la entrada, cenamos como pudieron hacerlo nuestros antepasados en los albores de la edad del hombre, mientras debajo el diapasón de la noche salvaje se alzaba extraño y aterrador a nuestros oídos. A la luz de la gran hoguera que todavía ardía pudimos ver grandes formas acechantes, y al fondo incontables ojos encendidos.

Lys se estremeció, y la rodeé con mis brazos y la atraje hacia mí, y así permanecimos durante toda la noche. Ella me contó su secuestro y el temor que había sufrido, y juntos le dimos gracias a Dios porque había salido ilesa, porque el gran bruto no se había atrevido a detenerse por el camino infectado de peligros. Ella dijo que acababan de llegar a los acantilados cuando yo aparecí, pues en varias ocasiones su captor se había visto obligado a subir a los árboles con ella para escapar de las garras de algún león de las cavernas o algún tigre de dientes de sable, y dos veces se habían visto obligados a permanecer ocultos durante largo rato antes de que las bestias se retirasen.

Nobs, a base de muchos saltos y rodeos y de escapar un par de veces por los pelos de la muerte, había conseguido seguirnos a la cueva y estaba ahora acurrucado entre la puerta y yo, tras haber devorado un trozo de carne seca, que pareció saborear inmensamente. Fue el primero en quedarse dormido, pero imagino que debimos imitarlo pronto, pues ambos estábamos cansados. Yo había soltado el rifle y el cinturón con las municiones, aunque los tenía cerca, pero seguía teniendo la pistola en el regazo, bajo mi mano. Sin embargo, no nos molestaron durante la noche, y cuando desperté el sol brillaba en la distancia, sobre las copas de los árboles. La cabeza de Lys había caído hasta mi pecho, y mi brazo todavía la rodeaba.

Poco después, Lys despertó y por un momento pareció no poder comprender la situación. Me miró y entonces se giró y vio mi brazo que la rodeaba, y de pronto pareció advertir de repente lo exiguo de su vestimenta y se apartó, cubriéndose el rostro con las manos y ruborizándose furiosamente. La atraje hacia mí y la besé, y entonces ella me rodeó con sus brazos y lloró suavemente, en muda rendición a lo inevitable.

Una hora después la tribu empezó a despertar. Los observamos desde nuestro «apartamento», como lo llamaba Lys. Ni los hombres ni las mujeres llevaban ningún tipo de ropas u ornamentos, y todos parecían ser de la misma edad: no había bebés ni niños entre ellos. Esto fue, para nosotros, lo más extraño e inexplicable, pero nos recordó que aunque habíamos visto a muchas especies salvajes y menos desarrolladas en Caspak, nunca habíamos llegado a ver ancianos ni niños.

Después de un buen rato recelaron menos de nosotros y luego se mostraron amistosos a su manera brutal. Tiraban de nuestras ropas, que parecían interesarles, y examinaron mi rifle y mi pistola y el cinturón de municiones. Les mostré la botella térmica, y cuando serví un poco de agua, se quedaron encantados, pensando que era un manantial que llevaba conmigo… una fuente infalible de agua.

Advertimos una cosa más entre sus características: nunca reían ni sonreían. Y entonces recordamos que Ahm tampoco lo hacía. Les pregunté si conocían a Ahm, pero contestaron que no.

—Allá puede que lo conociéramos -dijo uno de ellos. E indicó con la cabeza el sur.

—¿Venís de allí? -pregunté. Él me miró sorprendido.

—Todos venimos de allí -dijo-. Después vamos allí.

Y esta vez indicó con la cabeza el norte.

—Para ser galus -concluyó.

Muchas veces habíamos oído esta referencia a convertirse en galus. Ahm lo había mencionado muchas veces. Lys y yo decidimos que era una especie de convicción religiosa, tan parte de ellos como el instinto de conservación, una aceptación primitiva de una vida posterior y más sagrada. Era una teoría brillante, pero completamente equivocada. Ahora lo sé, y lo lejos que estábamos de imaginar la maravillosa, la milagrosa, la gigantesca verdad de la que todavía sólo puedo hacer suposiciones… el detalle que aparta a Caspak del resto del mundo mucho más claramente que su aislada situación geográfica o su inexpugnable barrera de gigantescos acantilados. Si pudiera vivir para regresar a la civilización, tendría material para que religiosos y profanos debatieran durante años… y los evolucionistas también.

**

Después de desayunar los hombres salieron a cazar, mientras las mujeres se dirigieron a una gran charca de agua caliente cubierta de espuma verde y llena de millones de renacuajos. Avanzaron hasta un palmo de profundidad y se tumbaron en el lodo. Permanecieron allí durante una o dos horas y luego regresaron al acantilado. Mientras estuvimos con ellos, vimos que repetían este ritual cada mañana, pero cuando les preguntamos por qué lo hacían no obtuvimos ninguna respuesta inteligible. Lo único que repetían a modo de explicación era la palabra ata. Intentaron que Lys las acompañara y no pudieron entender por qué ella se negaba.

Después del primer día fui a cazar con los hombres, dejando a Lys con Nobs y la pistola, pero nunca tuvo que utilizarlos, pues ningún reptil ni bestia se acercaba a la charca mientras las mujeres estaban allí... ni, por lo que sabemos, en otras ocasiones. No había rastro de bestias salvajes en el suave lodo de las orillas, y desde luego el agua no parecía potable.

La tribu vivía principalmente a base de animales pequeños que abatían con sus hachas de piedra después de rodear a sus presas y obligarlas a acercarse a ellos. Los pequeños caballos y los antílopes existían en número suficiente para mantenerlos con vida, y también comían numerosas variedades de frutas y verduras. Nunca traían más comida que la suficiente para cubrir sus necesidades inmediatas, ¿pero por qué molestarse? El problema de la comida en Caspak no causa preocupación en sus habitantes.

El cuarto día Lys me dijo que consideraba que estaba preparada para intentar al día siguiente el viaje de regreso, y por eso partí a la caza muy animado, pues estaba ansioso por volver al fuerte y descubrir si Bradley y su partida habían regresado y cuál había sido el resultado de su expedición. También quería tranquilizarlos en cuanto al destino de Lys y el mío, pues sabía que ya debían de darnos por muertos. Era un día nuboso, aunque cálido, como siempre en Caspak. Parecía extraño advertir que sólo a unos kilómetros de distancia el invierno se cernía sobre el océano cubierto de tormentas, y que debía estar nevando alrededor de Caprona. Pero ninguna nieve podía penetrar la húmeda y cálida atmósfera del gran cráter.

Tuvimos que ir más lejos que de costumbre antes de que pudiéramos rodear a una pequeña manada de antílopes, y estaba ayudando a conducirlos cuando vi un hermoso ciervo a unos doscientos metros a mi espalda. Debía haber estado durmiendo entre las altas hierbas, pues lo vi levantarse y mirar a su alrededor con aspecto asustado, y entonces alcé el arma y le disparé. Cayó y corrí hacia él para rematarlo con el largo machete que me había dado uno de los hombres; pero, justo cuando lo alcanzaba, se puso en pie tambaleándose y echó a correr durante otros doscientos metros. Entonces lo volví a tumbar. Una vez más repetí la operación antes de poder alcanzarlo y cortarle la garganta.

Entonces busqué a mis compañeros, ya que quería que vinieran y se llevaran la carne a casa. Pero no pude ver a ninguno. Llamé unas cuantas veces y esperé, pero no hubo respuesta y no vino nadie. Por fin, disgustado, corté toda la carne que pude llevar, y me puse en camino en dirección a los acantilados. Debí recorrer más de un kilómetro antes de comprender la verdad: estaba perdido, desesperanzadamente perdido.

Todo el cielo estaba cubierto de densas nubes, y no había ningún lugar reconocible con el que pudiera orientarme. Continué en la dirección que consideraba el sur pero que ahora imagino debía ser el norte, sin detectar ni un solo objeto familiar. En un tupido bosque de repente me topé con algo que al principio me llenó de esperanza y después de la más profunda desesperación.

Era un montículo de tierra fresca moteado de flores resecas ya, y en un extremo había una losa plana de piedra arenisca clavada en el suelo. Era una tumba, y eso significaba que había por fin encontrado un país habitado por seres humanos. Los encontraría, ellos me indicarían el camino de los acantilados, tal vez me acompañarían y nos acogerían en su seno… el seno de hombres y mujeres como nosotros. Mis esperanzas y mi imaginación corrieron desbocados en los pocos metros que recorrí hasta alcanzar aquella tumba solitaria, antes de leer los burdos caracteres tallados en la sencilla lápida. Esto es lo que leí:

†

AQUÍ YACE JOHN TIPPET, INGLÉS

MUERTO POR UN TIRANOSAURIO

10 DE SEPTIEMBRE DE 1916 D.C.

R.I.P.

¡Tippet! Parecía increíble. ¡Tippet de cuerpo yaciente en este oscuro bosque! ¡Tippet muerto! Había sido un buen hombre, pero la pérdida personal no fue lo que me afectó. Fue el hecho de que esta silenciosa tumba presentaba la prueba de que Bradley había llegado hasta aquí con su expedición y que también él estaba probablemente perdido, pues no era nuestra intención que estuviese fuera tanto tiempo. Si me había topado con la tumba de un miembro de la partida, ¿había algún motivo para no creer que los huesos de los otros yacían esparcidos en algún lugar cercano?

Capítulo IX

Mientras contemplaba aquel triste y solitario montículo, abatido por las más tristes reflexiones y premoniciones, me agarraron de pronto por detrás y me lanzaron a tierra. Mientras caía, un cuerpo caliente cayó encima de mí, y unas manos me agarraron por los brazos y las piernas. Cuando pude mirar, vi unos dedos gigantescos que me sujetaban, mientras que otros me registraban. Se trataba de un nuevo tipo de hombre, un tipo superior a la tribu primitiva que acababa de abandonar. Eran más altos, también, con cráneos mejor formados y rostros más inteligentes. Tenían menos características simiescas en sus rasgos, y también menos negroides. Llevaban armas, lanzas con punta de piedra, cuchillos de piedra, y hachas… y llevaban adornos y una especie de taparrabos; los primeros hechos de plumas prendidas en el pelo y el taparrabos hecho de una sola piel de serpiente con cabeza y todo que colgaba hasta sus rodillas.

Naturalmente no advertí todos esos detalles en el momento de mi captura, pues estaba ocupado con otros asuntos. Tres de los guerreros estaban sentados encima de mí, tratando de retenerme a base de fuerza bruta, y tenían las manos llenas, puedo asegurarlo. No me gusta parecer vanidoso, pero bien puedo admitir que estoy orgulloso de mi fuerza y la ciencia que he adquirido y desarrollado para cultivarla: siempre he estado orgulloso de eso y de mi habilidad como jinete. Y ahora, ese día, todas las largas horas que había dedicado al cuidadoso estudio, la práctica y el entrenamiento me dieron en dos o tres minutos un reembolso pleno de mi inversión. Los californianos, por regla general, estamos familiarizados con el jiu-jitsu, y yo en concreto lo había estudiado durante varios años, tanto en la universidad como en el Club Atlético de Los Ángeles, y además había tenido recientemente como empleado a un japonés que era una maravilla en ese arte. Tardé unos treinta segundos en romperle el codo a uno de mis atacantes, en derribar a otro y mandarlo dando tumbos contra sus compañeros, y en lanzar al tercero por encima de mi cabeza de una forma que se rompió el cuello al caer.

En el momento en que los demás miembros del grupo se quedaron mudos e inactivos por la sorpresa, eché mano a mi rifle (que, descuidadamente, llevaba a la espalda), y cuando atacaron, como sabía que iban a hacer, le metí una bala en la frente a uno de ellos. Esto los detuvo a todos temporalmente… no la muerte de su compañero, sino la detonación del rifle, la primera que habían oído en su vida. Antes de que estuvieran preparados para volver a atacarme, uno de ellos dio una orden a los demás, y en un lenguaje similar pero más complicado que el de la tribu del sur, igual que el de estos era más completo que el de Ahm. Les ordenó que retrocedieran y entonces él avanzó y se dirigió a mí.

Me preguntó quién era, de donde venía y cuáles eran mis intenciones. Repliqué que era extranjero en Caspak, que estaba perdido y que mi único deseo era encontrar el camino de vuelta con mis compañeros. El me preguntó dónde estaban y yo le dije que hacia el sur, usando la frase caspakiana que, literalmente, quería decir «hacia el principio». La sorpresa se reflejó en su cara antes de que la expresara con palabras.

—No hay galus allí -dijo.

—Te digo que soy de otro país -repuse, enfadado-, lejos de Caspak, mucho más allá de los grandes acantilados. No sé quiénes pueden ser los galus; nunca los he visto. Nunca he estado más al norte que aquí. Miradme… mira mis ropas y mis armas. ¿Has visto alguna vez a un galu o a cualquier otra criatura en Caspak que posea estas cosas?

Él tuvo que admitir que no, y también que estaba muy interesado en mí, mi rifle y en la forma en que me había deshecho de sus tres guerreros. Finalmente medio se convenció de que le estaba diciendo la verdad y se ofreció a ayudarme si le enseñaba cómo había arrojado al hombre por encima de mi cabeza y le regalaba la «lanza-ruido», como la llamaba. Me negué a darle mi rifle, pero prometí enseñarle el truco que deseaba aprender si me guiaba en la dirección correcta. Él me dijo que así lo haría mañana, que ahora era demasiado tarde y que bien podía ir a su aldea y pasar la noche con ellos. No me gustó perder tanto tiempo, pero el tipo era obstinado, y acabé por acompañarlos. Los dos hombres muertos quedaron donde habían caído, sin que les dirigieran una segunda mirada: así de poco vale la vida en Caspak.

Este pueblo también era cavernícola, pero sus cuevas mostraban el resultado de una inteligencia superior que los acercaba un paso más al hombre civilizado que a la tribu más próxima «hacia el principio». El interior de las cavernas estaba despejado de basura, aunque distaba mucho de estar limpio, y tenían jergones de hierba seca cubierta con pieles de leopardos, linces y osos, mientras que ante las entradas había barreras de piedra y pequeños y rudos hornos de piedra circulares. Las paredes de la cueva a la que me dirigieron estaban cubiertas de dibujos. Vi los contornos de un gigantesco ciervo rojo, de mamuts, tigres y otras bestias. Aquí, como en la última tribu, no había niños ni ancianos.

Los hombres de esta tribu tenían dos nombres, o más bien nombres de dos sílabas; mientras que en la tribu de Tsa las palabras eran monosilábicas, con la excepción de unas pocas como atis y galus. El nombre del jefe era To-jo, y su familia consistía en siete hembras y él mismo. Las mujeres eran mucho más agraciadas, o al menos no tan horribles como las del pueblo de Tsa. Una de ellas era incluso bella, al tener menos pelo y tener una piel bastante más bonita, con buen color.

Todos estaban muy interesados en mí y examinaron con cuidado mis ropas y mi equipo, tocando y palpando y oliendo cada artículo. Aprendí de ellos que su pueblo era conocido como los band-lu, u hombres-lanza; la raza de Tsa eran los sto-lu, u hombres-hacha. Bajo esta escala de la evolución venían los bo-lu, u hombres-maza, y luego los alus, que no tenían armas ni lenguaje. En esa palabra reconocí lo que me pareció el más notable descubrimiento que había hecho en Caprona, pues a menos que fuera mera coincidencia, me había encontrado con una palabra que había sido transmitida desde el principio del lenguaje hablado sobre la tierra, transmitida durante millones de años, quizás, con pocos cambios. Era el único hilo que quedaba del antiguo ovillo de una cultura que había sido tejida cuando Caprona era una feroz montaña en una masa de tierra rebosante de vida. Enlazaba el insondable entonces con el eterno ahora. Y sin embargo puede que fuera pura coincidencia: mi juicio me dice que es coincidencia que en Caspak el término para el hombre sin habla sea alus, y en el mundo exterior de nuestro tiempo sea alalus.

La mujer bonita de la que he hablado se llamaba So-ta, y se interesó tan vivamente por mí que To-jo acabó por poner objeciones a sus atenciones, recalcando su incomodidad golpeándola y empujándola a patadas hasta un rincón de la caverna. Salté entre ellos mientras todavía la estaba dando de patadas y, tras hacerle una rápida llave, lo arrastré gritando de dolor fuera de la cueva. Allí le hice prometer que no volvería a hacerle daño, so pena de un castigo peor. So-ta me dirigió una mirada de agradecimiento, pero To-jo y el resto de sus mujeres se mostraron hoscos y amenazantes.

Más tarde, So-ta me confesó que pronto iba a dejar la tribu.

—Sota pronto va a ser kro-lu -dijo con un susurro.

Le pregunté qué era eso, y ella trató de explicarlo, pero todavía no sé si la comprendí. Por sus gestos deduje que los kro-lus eran un pueblo armado con arcos y flechas, tenían utensilios donde cocinar su comida y algún tipo de chozas donde vivían, y eran acompañados por animales. Todo era muy fragmentario y vago, pero la idea parecía ser que los kro-lus eran un pueblo más avanzado que los band-lus. Reflexioné durante largo rato sobre todo lo que había oído, antes de que el sueño me reclamara. Traté de encontrar alguna conexión entre estas diversas razas que explicara la esperanza universal que todos ellos albergaban de que algún día se convertirían en galus. So-ta me había dado una sugerencia, pero la idea resultante era tan extraña que apenas podía creerla; sin embargo, coincidía con la esperanza expresada por Ahm, con los diversos pasos en la evolución que había advertido en las diferentes tribus que había encontrado y con la gama de tipos representada en cada tribu. Por ejemplo, entre los band-lu había tipos como So-ta, que me parecían los más altos en la escala de la evolución, y To-jo, que estaba un poco más cerca del mono, mientras que había otros que tenían narices chatas, rostros protuberantes y cuerpos más peludos. La cuestión me exasperaba. Probablemente en el mundo exterior la respuesta está encerrada al pie de la Esfinge. ¿Quién sabe? Yo no.

Con los pensamientos de un lunático o un adicto al opio, me quedé dormido. Y cuando desperté, descubrí que mis manos y mis pies estaban amarrados y me habían quitado las armas. No sé cómo lo hicieron sin despertarme. Fue humillante, pero cierto. To-jo se alzó sobre mí. Las primeras luces de la mañana se filtraban tenuemente en la caverna.

—Dime -ordenó-, cómo lanzar a un hombre por encima de mi cabeza y romperle el cuello, pues voy a matarte, y quiero saberlo antes de que mueras.

De todas las declaraciones ingenuas que he oído jamás, ésta fue la gota que colmó el vaso. Me pareció tan graciosa que, incluso ante la perspectiva de la muerte, solté una carcajada. La muerte, he de recalcar aquí, había perdido gran parte de su fascinación para mí. Me había vuelto discípulo de la filosofía de Lys sobre la falta de valor de la vida humana. Advertí que ella tenía razón, que no éramos más que figuras cómicas que saltaban de la cuna a la tumba, sin ningún interés para otra criatura que no seamos nosotros mismos y nuestros pocos íntimos.

Tras To-jo se encontraba So-ta. Alzó una mano con la palma hacia mí, el equivalente caspakiano de una negación con la cabeza.

—Déjame pensarlo -repliqué, y To-jo dijo que esperaría hasta la noche.

Me dio un día para pensarlo, y luego se marchó, junto con las mujeres. Los hombres se fueron a cazar, y las mujeres, como más tarde supe por So-ta, se encaminaron hacia la charca cálida donde sumergieron sus cuerpos, como hacían las ellas de los sto-lu. «Ata», explicó So-ta cuando le pregunté por el propósito de este rito matutino; pero eso fue más tarde.

Debía llevar allí atado dos o tres horas cuando por fin So-ta entró en la cueva. Llevaba un afilado cuchillo. El mío, de hecho, y con él cortó mis ligaduras.

—¡Vamos! -dijo-. So-ta te acompañará para volver con los galus. Es hora de que So-ta deje a los band-lu. Juntos iremos a los kro-lu, y después a los galus. To-jo te matará esta noche. Matará a So-ta si se entera de que So-ta te ayudó. Iremos juntos.

—Iré contigo a los kro-lu -repliqué-, pero luego debo regresar con mi gente «hacia el principio».

—No puedes regresar. Está prohibido. Has llegado hasta aquí… no hay regreso.

—Pero debo regresar -insistí-. Mi gente está allí. Debo regresar y guiarlos en esta dirección.

Ella insistió y yo insistí, pero por fin llegamos a un compromiso. Yo la escoltaría hasta el país de los kro-lu y luego volvería a por mi gente y los guiaría al norte, hacia una tierra donde los peligros eran menores y la gente menos asesina. So-ta me trajo todas las pertenencias que me habían quitado: el rifle, las municiones, el cuchillo y el termo, y luego descendimos mano sobre mano el acantilado y nos dirigimos al norte.

Continuamos nuestro camino durante tres días, hasta que llegamos al anochecer a las afueras de una aldea de chozas de caña. So-ta dijo que entraría sola; no debían verme si no pretendía quedarme, ya que estaba prohibido que nadie regresara y viviera después de haber avanzado hasta tan lejos. Así que me dejó. Era una buena muchacha y una camarada fiel y fuerte, más parecida a un hombre que a una mujer. A su modo simple y bárbaro, era a la vez refinada y casta. Había sido la esposa de To-jo. Entre los kro-lu encontraría otro compañero a la usanza del extraño mundo de Caspak; pero me dijo muy claramente que cuando yo regresara dejaría a su compañero y se iría conmigo, pues me prefería a todos los demás. ¡Me estaba convirtiendo en un donjuán después de toda una vida de timidez!

La dejé en las afueras de la aldea sin llegar a ver el tipo de gente que la habitaba, y en la creciente oscuridad me encaminé hacia el sur. Al tercer día me desvié al oeste para evitar el país de los band-lu, ya que no quería encontrarme con To-jo.

Al sexto día llegué a los acantilados de los sto-lu, y mi corazón latió con fuerza cuando me aproximaba, pues aquí estaba Lys. Pronto la tendría de nuevo entre mis brazos; pronto sus cálidos labios se fundirían con los míos. Estaba convencido de que ella estaría a salvo entre el pueblo del hacha, y ya imaginaba la alegría y la luz del amor en sus ojos cuando me viera una vez más al salir del último macizo de árboles y casi echaba a correr hacia los acantilados.

Eran las últimas horas de la mañana. Las mujeres debían de haber regresado de la charca. Sin embargo, al acercarme, no vi ningún rastro de vida.

«Se habrán quedado más tiempo», pensé. Pero cuando me acerqué a la base de los acantilados vi algo que echó por tierra mis esperanzas y mi felicidad. Disgregadas por el suelo había una docena de mudas y horribles sugerencias de lo que había tenido lugar durante mi ausencia: huesos mondados de carne, los huesos de criaturas parecidas a hombres, los huesos de muchos miembros de la tribu de sto-lu. En ninguna caverna había rastros de vida.

Examiné con atención los espectrales restos, temiendo en cada instante de encontrar el brillante cráneo que destrozara mi felicidad de por vida. Pero aunque busqué diligentemente, recogiendo todos y cada uno de los veintitantos cráneos, no encontré ninguno que perteneciera a una criatura que no pareciera un simio. La esperanza, entonces, aún vivía. Durante otros tres días busqué a los hombres del hacha de Caspak al norte y al sur, al este y al oeste, pero no encontré ni rastro de ellos. Ahora llovía casi todo el tiempo, y el clima era casi frío.

Por fin renuncié a la búsqueda y partí hacia Fuerte Dinosaurio. Durante una semana (una semana llena de los terrores y peligros de un mundo primigenio) continué en la dirección que consideraba era el sur. El sol no brilló nunca; la lluvia apenas dejó de caer. Las bestias que me encontré eran menores en número pero infinitamente más terribles de temperamento; sin embargo, continué mi camino hasta que comprendí que estaba perdido sin esperanza, que un año de luz no podría indicarme mi paradero, y todo el tiempo me sentía abrumado por el terrible conocimiento de que nunca podría encontrar a Lys. Entonces me encontré con otra tumba, la tumba de William James, con su burda lápida y sus letras garabateadas indicando que había muerto el 13 de septiembre, víctima de un tigre de dientes de sable.

Creo que entonces estuve a punto de tirar la toalla. Nunca en mi vida me he sentido más indefenso, más solo, más falto de esperanza. Estaba perdido. No podía encontrar a mis amigos. Ni siquiera sabía si continuaban con vida. De hecho, no era capaz de creer que estuvieran vivos. Estaba seguro de que Lys había muerto. Yo mismo quería morir, y sin embargo me aferraba a la vida, aunque se había vuelto algo desesperanzado e inútil. Me aferraba a la vida porque algún antiguo y reptilesco antepasado mío se había aferrado a la vida y me transmitió a lo largo de las eras el motivo más poderoso que guiaba su diminuto cerebro: el motivo de la autoconservación.

Por fin llegué a la gran barrera de acantilados. Y después de tres días de loco esfuerzo, de maniático esfuerzo, los escalé. Construí burdas escalas; introduje palos en estrechas fisuras; tallé asideros con mi largo cuchillo, pero por fin los escalé. Cerca de la cima me encontré con una gran caverna. Es el refugio de una poderosa criatura alada del Triásico... o más bien lo era. Ahora es mía. Maté a la criatura y me apoderé de su nido. Llegué a la cima y contemplé el amplio gris terrible del Pacífico en invierno. Hacía frío aquí arriba. Hace frío hoy. Sin embargo, sigo sentado, oteando, oteando en busca de lo que sé que nunca vendrá: una vela.

Capítulo X

Una vez al día desciendo a la base del acantilado y cazo, y lleno mi estómago de agua de un manantial fresco. Tengo tres odres que lleno de agua y me llevo a la caverna para pasar las largas noches. He fabricado una lanza y un arco y flechas, para poder conservar mis municiones, que empiezan a escasear. Mis ropas están reducidas a harapos. Mañana las cambiaré por una piel de leopardo que he curtido y cosido para formar un atuendo fuerte y cálido. Hace frío aquí arriba. Tengo una hoguera encendida y me siento junto a ella mientras escribo; pero aquí estoy a salvo. Ninguna otra criatura viviente se aventura a subir a la helada cumbre de la barrera de acantilados. Estoy a salvo, y estoy solo con mis penas y mis alegrías recordadas… pero sin esperanza. Se dice que la esperanza brota eterna en el pecho humano. Pero no hay ninguna en el mío.

Casi he terminado. Doblaré estas páginas y las meteré dentro del termo. Lo taparé y aseguraré el cierre, y luego lo lanzaré al mar todo lo que permitan mis fuerzas. El viento sopla mar adentro, la marea está cambiando, quizás se lo lleve una de esas numerosas corrientes oceánicas que barren perpetuamente de polo a polo y de continente a continente, para ser depositado por fin en alguna orilla habitada. ¡Si el destino es amable y esto sucede, entonces, por el amor de Dios, vengan a por mí!

**

Hace una semana que escribí el párrafo anterior, con el que creí terminar el registro por escrito de mi vida en Caprona. Había hecho una pausa para poner una nueva punta a mi pluma y agitar la burda tinta (que fabrico moliendo una variedad negra de baya y mezclándola con agua) antes de estamparle mi firma, cuando desde el valle de abajo llegó levemente un sonido inconfundible que me hizo ponerme en pie, temblando de nerviosismo, para asomarse ansiosamente a mi mareante alféizar. ¡Pueden suponer lo lleno de significado que me resultó ese sonido cuando les diga que era el estampido de un arma de fuego! Por un instante mi mirada atravesó el paisaje que tenía a mis pies hasta que por fin capté cuatro figuras cerca de la base del acantilado… una figura humana acorralada por tres hyaenodons, esos feroces perros salvajes sedientos de sangre del Eoceno. Una cuarta bestia yacía muerta o moribunda no muy lejos.

No podía estar seguro, pues me encontraba muy alto, pero sin embargo temblé como una hoja ante la creencia intuitiva de que era Lys, y mi juicio sirvió para confirmar mi salvaje deseo, pues quien quiera que fuese iba armado sólo con una pistola, y así iba armada Lys. La primera oleada de súbita alegría que me invadió fue corta ante la rápida convicción de que quien combatía abajo estaba ya condenado. Sólo la suerte debía de haber permitido que aquel primer disparo abatiera a una de las salvajes criaturas, pues incluso un arma tan pesada como mi pistola es completamente inadecuada incluso contra los carnívoros inferiores de Caspak. ¡Dentro de un instante los tres perros salvajes atacarían! Un disparo inútil no haría más que aumentar la furia del que llegara a alcanzar. Y entonces los tres se abatirían sobre la figura humana y la despedazarían.

¡Y tal vez fuera Lys! Mi corazón se quedó parado ante la idea, pero mi mente y mis músculos respondieron a la rápida decisión que me vi forzado a tomar. Había una sola esperanza, una sola oportunidad, y la aproveché. Me llevé el rifle a la cara y apunté con cuidado. Fue un disparo al azar, un disparo peligroso, pues a menos que uno esté acostumbrado, disparar desde una altura considerable resulta engañoso. Hay, sin embargo, algo en la puntería que está más allá de todas las leyes científicas. De ninguna otra forma puedo explicar mi tino en ese momento. Tres veces habló mi rifle… tres rápidas y cortas sílabas de muerte. No apunté conscientemente, ¡y sin embargo a cada disparo una bestia cayó muerta!

Desde mi saliente hasta la base del acantilado hay varias docenas de metros de peligrosa escalada; sin embargo me aventuro a decir que el primer simio de cuyas entrañas desciende mi linaje nunca podría haber igualado la velocidad con la que literalmente me descolgué por la cara de aquella irregular elevación. Los últimos treinta metros son una empinada acumulación de guijarros sueltos hasta la base del valle, y acababa de llegar allí cuando a mis oídos llegó un grito agónico:

—¡Bowen! ¡Bowen! ¡Rápido, mi amor, rápido!

Yo había estado demasiado ocupado con los peligros del descenso para mirar hacia el valle, pero aquel grito me dijo que era en efecto Lys, y que corría otra vez peligro, y mis ojos la buscaron a tiempo de ver cómo un bruto peludo y fornido la agarraba y echaba a correr hacia el bosque cercano. De roca en roca, como un ante, fui saltando hasta el valle, persiguiendo a Lys y su horrible secuestrador.

Era bastante más pesado que yo, y lastrado por la carga que llevaba pude alcanzarlo fácilmente. Por fin se volvió, rugiendo, para enfrentarse a mí. Era Kho de la tribu de Tsa, los hombres-hacha. Me reconoció, y con un gruñido hizo a Lys a un lado y me atacó.

—¡La ella es mía! -gritó-. ¡Yo mato! ¡Yo mato!

Yo había tenido que soltar mi rifle antes de comenzar el rápido descenso del acantilado, así que ahora solo iba armado con un cuchillo de caza que desenvainé mientras Kho saltaba hacia mí. Era una bestia poderosa, de potentes músculos, y la urgencia que ha hecho que los machos peleen desde el amanecer de la vida en la tierra lo llenaba de ansia de matanza y de sed de sangre; pero yo no me andaba a la zaga en cuestión de pasiones primigenias. Dos bestias abismales saltaron al cuello de la otra aquel día, bajo la sombra de los más antiguos acantilados de la tierra: el hombre de ahora y el hombre-cosa del entonces olvidado, imbuidos de la misma pasión inmortal que no ha cambiado a través de las épocas, periodos y eras del tiempo desde el principio, y que continuarán hasta el incalculable final… la mujer, el imperecedero Alfa y Omega de la vida.

Kho me atacó, buscando mi yugular con sus dientes. Pareció olvidar el hacha que colgaba de su cadera, junto a su taparrabos de piel de uro, como yo olvidé, de momento, el cuchillo que tenía en la mano. Y no dudo que Kho me habría derrotado fácilmente en un combate de esas características si la voz de Lys hubiera despertado dentro de mi cerebro momentáneamente revertido la habilidad y la astucia del hombre racional.

—¡Bowen! -exclamó-. ¡Tu cuchillo! ¡Tu cuchillo!

Fue suficiente. Eso me rescató del olvidado eón al que mi cerebro había huido y me convirtió de nuevo en un hombre moderno que luchaba contra un bruto torpe y sin habilidad. Mis mandíbulas dejaron de chasquear ante la peluda garganta que tenía delante, y mi cuchillo buscó y encontró un espacio entre dos costillas sobre el salvaje corazón.

Kho dejó escapar un alarido horripilante, se estremeció espasmódicamente y se desplomó.

Y Lys se arrojó a mis brazos. Todos los miedos y temores del pasado se borraron, y una vez más fui el más feliz de los hombres.

Con cierto recelo dirigí mis ojos poco después hacia el precario saliente que corría ante mi caverna, pues me parecía impropio esperar que una joven moderna se arriesgara a los peligros de aquella temible escalada. Le pregunté si creía que podría ser capaz de subir, y ella se me rio alegremente en la cara.

—¡Observa! -exclamó, y corrió ansiosamente hacia la base del acantilado.

Subió con la rapidez de una ardilla, de modo que tuve que esforzarme por seguirle el ritmo. Al principio me asustó, pero poco después me di cuenta de que subía con tanta seguridad como yo. Cuando finalmente llegamos a mi saliente y otra vez la tomé entre mis brazos, ella me hizo recordar que durante varias semanas había vivido como una cavernícola con la tribu de los hombres-hacha. Éstos habían sido expulsados de sus antiguas cavernas por otra tribu que había matado a muchos y se había llevado a la mitad de las mujeres, y los nuevos acantilados a los que huyeron resultaron ser más altos y más peligrosos, de modo que Lys se había convertido, por pura necesidad, en una escaladora hábil.

Me habló del deseo que Kho sentía hacia ella, ya que habían robado a todas sus hembras, y cómo la vida había sido una constante pesadilla de terror mientras buscaba noche y día cómo eludir al gran bruto. Durante un tiempo Nobs fue toda la protección que le hizo falta, pero un día el perro desapareció: no lo ha vuelto a ver desde entonces. Cree que lo mataron deliberadamente, y yo también, pues ambos estamos seguros de que nunca la habría abandonado.

Desaparecida su protección, Lys quedó a merced del hombre-hacha. No pasaron muchas horas antes de que la capturara en la base del acantilado, pero mientras la arrastraba triunfante hacia su cueva, ella consiguió soltarse y escapar.

—Me ha perseguido durante tres días -dijo ella-, a través de este mundo horrible. No sé cómo he llegado hasta aquí, ni cómo conseguí mantenerlo siempre a distancia. Sin embargo, lo conseguí, justo hasta que nos encontraste. El destino ha sido amable con nosotros, Bowen.

Asentí y la apreté contra mi pecho. Y entonces hablamos e hicimos planes mientras yo cocinaba en mi hoguera filetes de antílope, y llegamos a la conclusión de que no había ninguna esperanza de rescate, que ella y yo estábamos condenados a vivir y morir en Caprona. ¡Bueno, podría ser peor! Prefiero vivir siempre aquí con Lys que vivir en otro lugar sin ella. Y ella, querida muchacha, dice lo mismo de mí. Pero temo esta vida para ella. Es una vida dura, feroz, peligrosa, y siempre rezo para que nos rescaten... por su bien.

Esa noche las nubes se despejaron, y la luna brilló sobre nuestro pequeño saliente. Y allí, cogidos de la mano, volvimos el rostro hacia los cielos e hicimos nuestro juramento bajo los ojos de Dios. Ninguna agencia humana podría habernos casado más sagradamente de lo que lo hicimos. Somos marido mujer, y estamos contentos. Si Dios lo quiere, viviremos aquí nuestras vidas. Si desea lo contrario, entonces este manuscrito que ahora consigno a las inescrutables fuerzas del mar caerá en manos amigas. Sin embargo, no tenemos demasiada esperanza. Y por eso decimos adiós en éste, nuestro último mensaje al mundo más allá de la barrera de acantilados.

(Firmado) Bowen J. Tyler, Jr. Lys La R. Tyler